Beppe Severgnini

Tripli interismi!

Lieto fine di un romanzo neroazzurro

Rizzoli

Proprietà letteraria riservata
© *2007 RCS Libri S.p.A., Milano*
ISBN 978-88-17-01820-3

Prima edizione: maggio 2007

Ehi, Anto, ce l'abbiamo fatta!

1

SOLO CHI HA SOFFERTO SA SORRIDERE

"I problemi della vittoria sono più piacevoli
di quelli della disfatta,
ma non sono meno ardui."

Winston Churchill,
Discorso alla Camera dei Comuni, 1942

Mio figlio ed io siamo andati a prenderla dentro la cassapanca, dove l'avevamo chiusa cinque anni fa, il 5 maggio 2002: e l'abbiamo tirata fuori, più bella che mai. La nostra bandiera a scacchi neroazzurra – con cui mamma, donna di poca fede, voleva farsi una gonna – adesso sta appesa al balcone. Niente trionfalismi: solo una piccola celebrazione privata.

Neppure questo libro vuol essere trionfalistico. Ma l'avevo detto e scritto: dopo *Interismi* (2002) e *Altri interismi* (2003), sarei tornato sull'argomento solo se avessimo vinto lo scudetto sul campo (l'altro, sia chiaro, è gradito: ma, per il patto col destino, non conta). Ora lo scudetto è arrivato. Il quindicesimo. Magnifico, in quanto lungamente atteso. E strameritato: l'ammettono perfino gli avversari, compresi gli juventini che capiscono di calcio (qualcuno ce n'è), felici d'esser rimasti a distanza di sicurezza dallo schiacciasassi neroazzurro. I rossoneri hanno voluto osare, e sappiamo com'è andata.

Sono orgoglioso di *Interismi* e *Altri interismi*. Senza quei due libri, *Tripli interismi!* non l'avrei scritto. Mi sarebbe sembrato di salire sul carro del vincitore (sport molto italiano). Invece quel carro ho dovuto spingerlo, in questi cinque anni, insieme a voi. Adesso abbiamo il diritto di festeggiare. Se l'Inter è una forma di allenamento alla vita, siamo allenatissimi: salteremo di gioia senza stancarci.

Nessuno potrà accusarci d'essere quelli che gli inglesi chiamano *fairweather friends*, "gli amici del tempo bello". Per amore, abbiamo preso pioggia, fango, bufere e temporali (a Roma, a San Siro, a Villarreal), mantenendo il sorriso e l'ironia – perché il calcio è un gioco, mica una guerra. Ora che è tornato il sole, nessuno potrà usare contro di noi la battuta di J.F. Kennedy: "La vittoria ha moltissimi padri, la sconfitta è orfana". Le nostre sconfitte sono state accettate, sempre, da una famiglia unita. Ora possiamo goderci la vittoria con la coscienza tranquilla.

A proposito di coscienza: tra *Altri interismi* e *Tripli interismi!* non ci sono solo quattro anni, ma una bella Coppa del Mondo – vinta anche grazie a da due dei nostri, Materazzi e Grosso – e un brutto scandalo, il peggiore nella storia del calcio italiano. Nel 2003 avevo scritto che Harry Potter era neroazzurro e l'inquietante Voldemort bianconero; se l'Inter invece era Frodo Baggins del *Signore degli Anelli*, la Juve era Sauron il cattivo. Be', mai avrei immaginato d'esserci andato così vicino. Anche di questo ci occuperemo, in questo libro. Senza esagerare, perché occorre essere generosi, nella vittoria. Mettiamola così: scendere in campo pensando "Tanto, poi, ci fregano..." non era facile, né per i giocatori né per noi tifosi. Ora l'Inter gioca concentrata, ma spensierata: e si vede.

    La vittoria ha anche altri motivi, e grandi protagonisti, di cui parleremo: da Mancini a Moratti, da Matrix a Maicon, da Ibra l'Extraterrestre a Ronaldo il Coniglio Mannaro (che ci ha fatto il piacere di andare da un'altra parte). Molto merito va all'ambiente che – finalmente – s'è venuto a creare. Credo che, per la prima volta, il ricambio (in italiano moderno: turn-over) abbia funzionato. In passato altre squadre l'hanno adottato, ma a che prezzo: cali di rendimento, mugugni e ipocrisie. Nell'Inter 2006/7 sembra essere stato accettato da tutti. In rosa ci sono due portieri (Julio Cesar e Toldo), tre terzini (Maicon, Grosso, Maxwell), quattro centrali di difesa (Materazzi, Cordoba, Burdisso, Samuel), cinque centrali di centrocampo (Vieira, Cambiasso, Stankovic, Zanetti, Dacourt) e cinque punte (Ibra, Adriano, Cruz, Crespo, Recoba) che giocherebbero titolari dovunque. Hanno però capito la situazione, e si sono comportati intelligentemente (un avverbio che uso con cautela, quando si parla di calcio). Chissà che il merito non sia anche del mitico Peppino Prisco: i suoi perfidi commenti, ancora una volta, illumineranno le mie "interviste impossibili".

Che altro aggiungere? Nulla. Cinque anni dopo, il cerchio si chiude. Come si chiude questa trilogia neroazzurra: non ci sarà un altro *Interismi*. L'Inter è un amore difficile, non un prodotto in serie.

Un abbraccio, dunque, e complimenti a tutti: ce l'abbiamo fatta. Speriamo che l'Inter – e il calcio – usino la testa, e siano sempre all'altezza del nostro cuore.

2
RITRATTI DI FAMIGLIA

"La nobiltà dello spirito,
rispetto a quella tradizionale,
ha il vantaggio che uno se la può
conferire da solo."

Robert Musil, *Frammenti postumi in prosa*

IBRA, L'INCOSCIENZA AL POTERE

Quando Ibra riceve la palla, tutti – compagni e avversari, tifosi dell'Inter e sostenitori dell'altra squadra – pensano: "Vediamo cosa cavolo fa". In quel momento sospeso, in quel dubbio legittimo, sta la magia del calcio. La gente va allo stadio, guarda le partite in tv e legge i giornali, perché cerca cose emozionanti e speciali. Il calcio esiste e resiste, nonostante tutto, perché c'è in giro uno come Ibra. Uno che prende palla, e non sai mai cosa cavolo farà.

Altri calciatori sanno giocare di tacco: ieri Mancini e oggi Totti, per fare due nomi. Ma nessuno ha fatto del tacco un colpo normale, che ha cambiato la trigonometria del calcio. I giocatori mediocri hanno un angolo di 90 gradi, perché usano un piede solo; quelli bravi, giocano a 180 gradi; Ibra opera a 360 gradi. Può passare, lanciare, tirare o sgusciare dappertutto; d'interno e d'esterno, di sinistro e di destro, davanti e didietro, di punta e di tacco. Marcare Zlatan è come pescare con le mani: vince quasi sempre il pesce.

Uno lo guarda e si chiede: perché fa così? Risposta: perché è calcisticamente, e meravigliosamente, matto. Un genio, se preferite. In un calcio di onesti geometri (molti) e coscienziosi architetti (qualcuno), Zlatan è l'artista. Guardate le sue smorfie, sotto quei capelli da bambino e quel grosso naso: prima fa e poi pensa (accorgendosi, quasi sempre, d'aver fatto bene). Mettere in campo altri dieci come lui è come affidare a Salvador Dalì la costruzione di un palazzo: casca giù subito. Ma uno così, in una squadra, è una benedizione del cielo. Il merito di Moggi (eh sì), Moratti e Mancini è d'averlo capito al volo.

Ormai, sul punto, sono d'accordo tutti. I tifosi del Livorno l'hanno applaudito, dopo l'incredibile colpo di tacco con cui ha mandato in rete Cruz.[1] I compagni lo cercano sempre, e i difensori – ho l'impressione – ora l'affrontano in modo diverso. Non sono solo rassegnati a trovarsi davanti un colosso svedese che salta come un in-

---

[1] Livorno-Inter, disputata il 3.3.2007. Risultato finale 1-2 (27' Lucarelli, 35' Cruz, 66' Ibrahimovic).

glese, scatta come un francese, tocca come un brasiliano e lotta come un argentino. Hanno capito che certe giocate non sono provocazioni. Zlatan è così. O lo applaudi o lo strangoli.

Confesso, non avevo compreso subito d'aver di fronte un campione. Agli Europei del 2004 in Portogallo – quando ha pareggiato mettendola di tacco all'incrocio, dopo il miglior primo tempo mai giocato dagli azzurri di Trapattoni[2] – ero allo stadio: ho pensato che quel lungagnone fosse stato fortunato. Nessuno poteva tentare un colpo del genere. Ora lo so: nessuno, salvo Zlatan Ibrahimovic.

I tifosi svedesi, invece, non hanno mai avuto dubbi. Ai Mondiali di Germania, l'anno scorso, portavano TUTTI la stessa maglia gialloblu con scritto ZLATAN 10, come se il resto della squadra fosse un contorno. Giusto così. Uno che ha trasformato lo stop di petto in un'arte minore, merita questo e altro.

Sul personaggio – com'è inevitabile – circolano molti aneddoti, alcuni certamente apocrifi. Ho letto che si presentò ai nuovi compagni di squadra dell'Ajax, dicendo: "Ciao ragazzi, io sono Zlatan, e voi chi cazzo siete?".

---

[2] Italia-Svezia, disputata il 18.6.2004. Risultato finale 1-1 (37' Cassano, 85' Ibrahimovic).

Fossi in lui – ora che ha imparato perfino l'altruismo e l'autocontrollo – non perderei tempo a smentire queste voci: fanno parte della leggenda del figlio testardo d'un manutentore bosniaco e di una donna della pulizie, che ha studiato da calciatore in un parco di Malmoe, insieme ad altri bambini figli d'immigrati. In un'intervista poco dopo la nascita del figlio, Ibra ha identificato i suoi maestri: "Goran, un macedone, e Gagge, un bulgaro. Mi hanno spiegato un sacco di trucchi, mi hanno insegnato il piacere di fare certe cose col pallone".

Dovremmo rintracciarli, Goran e Gagge, e ringraziarli. Se Ibra oggi vale tanto, e se il calcio italiano vale ancora la pena, è anche merito loro.

(Marzo 2007)

MANCINI, UN DANDY A MILANO

Roberto Mancini è un enigma pettinato. È un esteta timido, e lo nasconde dietro sorrisi troppo imbarazzati per essere fasulli. È un predestinato, e lo sa. È distante, come se i suoi pensieri abitassero un pianeta diverso dalle sue parole. Molti lo ammirano, parecchi ne diffidano. Se estimatori e detrattori si dividessero in due partiti, potremmo reintrodurre in Italia il sistema maggioritario per via sportiva.

Anche la sua storia è insolita. Il genio sregolato in campo raramente diventa talento solido in panchina. I grandi allenatori, quasi sempre, hanno un passato da centrocampisti di lotta e di governo (Ancelotti, Capello, Trapattoni) o di difensori (Bearzot, Lippi). Mancini – uno che avrebbe tirato i rigori di tacco – ha dovuto far violenza a se stesso, per diventare quello che è diventato. Vent'anni fa dribblava i giornalisti e irrideva gli avversari; oggi deve convincere Ibra a non imitarlo.

A quarantadue anni, Roberto da Jesi deve mostrarsi – per contratto, per coscienza e per coerenza – puntuale, rispettoso, diligente: tutte cose che, da calciatore, non è stato. Il ragazzino che ha esordito in A a sedici anni (12 settembre 1981), oggi deve tenere insieme una banda di egocentrici non da ridere, ognuno convinto d'essere al centro d'un sistema solare privato. Non si sa come, ma c'è riuscito.

Eppure Ibra, Vieira e Stankovic non sono tipi facili; Materazzi, Adriano e Cambiasso hanno bisogno di attenzioni e delicatezze; Figo, di stimoli e lusinghe. Massimo Moratti è il presidente più letterario del calcio italiano: gestirlo, ed esserne gestiti; farsi pagare, e farlo pagare (i giocatori, i ritiri, i viaggi, i dettagli della grande squadra) richiede un'abilità fuori dal comune. Anche il legame inossidabile tra Mancini e Mihajlovic è affascinante. Ricorda un po' quello tra Mandrake e Lothar: uno incanta, l'altro spala.

Nei modi manciniani brilla una prudenza indecifrabile. Educata, dicono gli ammiratori; falsa, ribattono i detrattori. A me – confesso – l'uomo sembra di pasta buona; ma cauto come un gatto. Mancini, quando viene intervistato, ha sempre l'aria di pensare ad altro. Per esempio, a tutto ciò che vorrebbe dirci, ma non può. Ci sono eccezioni. Ricordo che il Mancio – diminutivo orribile, fuori da un oratorio – ha parlato, irritato, contro il "sistema Moggi" in tempi non sospetti (e non facili). Ma spesso l'uomo tace, o si limita a un'occhiata, o butta lì un monosillabo. Conosce infatti le regole del calcio, che – come ogni ambiente professionale – vive di riti, di salamelecchi e di ipocrisie. Io non dico, tu non dici, noi non diciamo. E quelli fuori credano quel che vogliono.

Quelli fuori siamo noi tifosi, la banda più irragionevole, romantica e spietata che esista sulla faccia della terra. Gli spartani, che portavano in trionfo o coprivano d'infamia un comandante (a seconda dell'esito della battaglia), erano esempi di moderazione, in confronto. Il tifoso moderno non è solo un emotivo patologico. È anche un semiologo e un agente segreto: prende i segni, e li interpreta; raccoglie informazioni, le mette insieme e raggiunge privatissime conclusioni.

Ho amici e colleghi che conoscono bene Roberto Mancini. La maggioranza lo descrive come un uomo informato, introverso e paziente. Altri non lo amano: dicono che la sua cautela sconfina nel cinismo, e raccontano di astuzie nello spogliatoio, di opportunismi e di favoritismi. Io non l'ho mai incontrato, e non mi dispiace. Almeno posso lavorare – come voi – d'intuizione e fantasia.

Da lontano, mi sembra un marchigiano malinconico, rassegnato a essere aggredito quando le cose vanno male, e adulato quando vanno bene. Uno di quegli italiani appenninici che del realismo hanno fatto uno stile di vita. Roberto M. ha anche un lato dandy, e sembra attratto da esseri umani molto diversi da lui, estroversi e un po' guasconi. Non a caso la coppia Mancini-Vialli è rimasta nell'immaginario collettivo, come Pulici e Graziani, Terence Hill e Bud Spencer, Sandra e Raimondo.

Il dandismo manciniano va studiato perché è lì – sono convinto – che si nasconde la chiave del mistero. La sciarpetta annodata e il capello alla Oscar Wilde (ora lodevolmente accorciato) non sono solo scelte estetiche: rappresentano una sfida silenziosa al mondo bruto degli stadi. Nei dopopartita televisivi – che l'uomo non ama, si vede – la risposta ironica alla domanda banale gli fa brillare gli occhi, ed è la prova di un cervello che lavora.

Sembra prendere in giro i suoi interlocutori, Roberto da Jesi. Ma lo fa con un garbo triste, come un poeta che si scusa se, parlando, gli è scappata una rima.

(Gennaio 2007)

TUTTI PAZZI PER MATERAZZI

Fabio Cannavaro merita il Pallone d'Oro e il titolo di Fifa World Player, ma l'icona sportiva del 2006 è Marco Materazzi. Nessun altro ha saputo concentrare su di sé tanta attenzione, tanta passione, tanta lealtà e tanta avversione; e fare cose che vanno dall'improbabile all'indimenticabile, passando per l'inguardabile e l'incredibile.

Se il calcio è un romanzo popolare – ed è il motivo per cui molti lo amano, anche se non se ne rendono conto – Materazzi è il protagonista dell'ultimo capitolo, in cui è successo assolutamente di tutto.

Partito come riserva, è diventato – lui, difensore – capocannoniere azzurro in Germania, campione del mondo dopo due testate in finale (una tirata in porta, l'altra ricevuta sul petto), campione d'Italia nella bufera, leader italiano della squadra internazionale – di nome e di fatto – che oggi domina il campionato. Siccome non era abbastanza, Matrix ha pensato bene di far gol con una rovesciata che, se l'avesse eseguita Maradona, ne parleremmo per generazioni.[3] Ma l'ha calciata Materazzi (33 anni, ex Tor di Quinto, Marsala, Trapani, Carpi, Everton, Perugia). Come ha fatto? Da chi ha copiato? Fornisca spiegazioni.

Non tocca a noi condannare o assolvere; né convocare il Giudizio Universale Settimanale, preparato magari da un'istruttoria televisiva senza l'imputato. Noi possiamo, tutt'al più, esprimere stupore, irritazione e ammirazione, tutte cose che MM sembra provocare con facilità irrisoria.

Materazzi è un generatore di reazioni. È

---

[3] Inter-Messina, disputata il 17.12.2006. Risultato finale 2-0 (49' Materazzi, 59' Ibrahimovic).

un difensore che lancia come un *quarterback* del football e salta come un pivot nel basket; uno che, da centrocampo, può fare indifferentemente gol o autogol (dipende come si gira, e come gli gira). Uno che, in campo, indossa un numero primo (23), girocollo esistenzialisti ed espressioni da Actors Studio. Uno che dice d'essere più emozionato per il derby di Milano che per la finale a Berlino. Il che è ovviamente una balla, però suona bene.

  I connazionali sulla sponda rossonera – Maldini, Nesta, Costacurta – sono *gentlemen* che sfilano, indossano, sorridono, presentano. Materazzi – che pure è ironico e sottile, se vuole – sembra un camionista a fine turno, e questo è il motivo per cui noi interisti gli vogliamo bene. Basta giocatori che si mimetizzano alla prima della Scala: quelli li abbiamo già avuti, e ci hanno fatto perdere. Vogliamo uno che alla Scala venga preso per un buttafuori, e possa dare una mano se c'è da spostare un divano.

  Materazzi è irruente, troppo: un ruvido di pasta buona che si muove impacciato in un mondo popolato da soavi bastardi. Forse, quella domenica, ha avvicinato troppo la testa a Zoro; ma di sicuro non ha alcuna comprensione per i cretini che a San Siro fischiavano l'avversario africano. Forse Marco non avrebbe dovuto agitarsi tanto per quel pallone nelle mani dell'allenatore avversario. Ma non è che tutti possono prenderlo a sberle, e pretendere di avere pure ragione.

MM è troppo atletico, troppo eccitabile, troppo duro e troppo fragile. È troppo facile da provocare in campo e da insultare al riparo di una tribuna. Insomma: è troppo, e troppi non sanno come maneggiarlo. Matrix è un soprannome impeccabile: l'uomo sembra provenire da un universo parallelo, dove potrebbe tornare (con famiglia) alla scadenza del contratto.

È curioso, il destino di Marco Materazzi. Quando picchia – quel pugno a Cirillo, quel calcio a Sheva – nessuno lo giustifica. Quando subisce, tutti trovano attenuanti per i responsabili. I francesi, come sapete, continuano a ritenerlo colpevole d'aver anteposto il torace a quel cenno volitivo di Zidane. Non sanno che, così facendo, gli hanno eretto un monumento. Non che ne avesse bisogno, Matrix. Guardatelo. È il Gobbo di Notre-Dame prigioniero dentro la Torre Eiffel. Stessa struttura, stessa solitudine, qualche tatuaggio in più.

(Dicembre 2006)

IL MISTERO RECOBA

Recoba è un eccentrico che gioca per una squadra pazza amata follemente da tifosi matti. Questo è il punto di partenza. Ma il Chino è anche un caso scientificamente interessante: andrebbe studiato nei corsi di management o nelle scuole di psichiatria o nelle facoltà di antropologia. Magari in tutt'e tre. È infatti la prova vivente dei problemi del talento. Quando è troppo, sono guai.

Non m'illudo di spiegare Alvaro Recoba: alcune sue pettinature, e tutte le sue pigrizie, vanno al di là della mia capacità di comprensione. Non lo conosco, e non mi dispiace: salvo eccezioni, conoscere i calciatori è una delusione (il loro talento sta nel contrasto fisico, non nei rapporti sociali). L'ho intravisto solo un paio di volte, a San Siro e ad Appiano Gentile. Un ragazzo invecchiato sotto un berrettino di lana, con l'occhio lungo e malinconico di molti sudamericani.

Ecco: di qui bisogna partire, forse, per avvicinarsi al Mistero Recoba. In aprile sono passato per Montevideo, dove lui è nato e cresciuto, e ha esordito nel 1993 in una squadra chiamata Danubio. È una città fascinosa e struggente, sdraiata sul fiume come una bella donna di una certa età. È il posto più vivibile del Sudamerica, dicono i sondaggi. Ma è anche un monumento alla rassegnazione, all'orgoglio che non è diventato importanza, al successo volato altrove. I residenti portano gli ospiti in visita allo Stadio del Centenario che ricorda i trionfi del Peñarol, e si lamentano che i giocatori uruguagi, quando giocano per la "Celeste", non s'impegnano più di tanto. Il Chino Recoba, ovviamente, è tra questi.

Pensate cosa avrebbe potuto fare, Alvaro Recoba, con quei piedi (anzi con QUEL piede: uno solo, come ha ricordato Mancini dopo Inter-Spartak).[4] Un giocatore che riesce a trasformare ogni calcio d'angolo in un'occasione, sa trasformare ogni partita in un rimpianto. La sua gestione del talento è il riassunto di un carattere: quello degli argentini e dei loro cugini dell'est, gli uruguagi, entrambi italiani alla seconda potenza. Dall'economia alla politica allo sport, veniamo spesso battuti da gente meno geniale di noi. Perché il genio non basta: occorre noiosa disciplina, banale costanza, pedante applicazione.

Le occasioni di Alvaro: sarebbe un bel titolo per un romanzo. In copertina, la faccia di

---

[4] Inter-Spartak, disputata il 18.10.2006. Risultato finale 2-1 (2' Cruz, 9' Cruz, 54' Pavlyuchenko).

Moratti, specchio della rabbia impotente e della gioia sublime degli interisti davanti a uno spettacolo come quello offerto da Recoba in questi dieci anni, dopo l'esordio in tandem con Ronaldo. Illusioni e delusioni distillate con sapienza, le une e le altre motivate e ragionevoli. Il Chino è uno che, se vuole, può schiacciare una zanzara sulla traversa con una punizione; e poi, se stacca la spina, riesce a inciampare sulla palla.

Qualcuno l'ha paragonato a Corso, altro interista talentuoso e alterno. Non sono d'accordo: il veneto Corso aveva più metodo, nella concessione e nella dissipazione del talento; l'uruguagio Recoba non ne ha nessuno. Corso, fin dal nome, conteneva un'illusione dinamica; Recoba è un nome che sa di recalcitrante relax, reproba recitazione, ricorrente rimpianto.

È una fantasia ambulante di cui Moratti non riesce a fare a meno, e noi nemmeno. Sono certo che la società, l'allenatore e i compagni gli ripeteranno, in queste ore, che potrebbe vincere le partite da solo, se ne avesse voglia. Spero che non accada, che nessuno gli dica niente, che non gli facciano leggere queste pagine. Non servirebbe, non è mai servito. Chino Recoba è schiavo dei suoi sogni e dei suoi umori, come qualsiasi ragazzo che corre lungo il Rio della Plata, in quest'inizio di primavera australe, e si sente più grande dei brasiliani e più forte degli argentini – anche se abita in un boccone di Sudamerica, tutto solo, là sotto.

(Ottobre 2006)

C'ERA UN OLMO
SULLA STRADA DI TREVIGLIO

Giacinto Facchetti era un uomo buono, e questo aggettivo in Italia è considerato sospetto. Bontà vuol dire ingenuità, incapacità, debolezza; o addirittura dabbenaggine, semplicioneria. Le persone ammirate, nel nostro estenuante Paese, sono i cialtroni e le carognette: due categorie umane di cui l'ambiente del calcio è pieno. Ma non è l'unico.

Ripeto, con la certezza di appuntargli la medaglia che voleva: Giacinto Facchetti era un uomo buono. Un uomo buono che ha sofferto, vedendo il suo mondo degradarsi; sapeva dove stava il marcio, e sperava di trovare le prove. Questo però oggi lo dicono tutti, e non è il caso d'insistere. Meglio ricordare che Facchetti era un uomo buono perfettamente consapevole delle voci che correvano sul suo conto: un corazziere messo lì per parlare con l'Uefa e far bella figura nelle fotografie, succube di Moratti e dei suoi denari capricciosi.

Be', questa è una vigliaccata, e una falsità. Anche la Juventus ha avuto spesso un presidente che non era il padrone, ma nessuno s'è mai permesso di dire certe cose. Facchetti voleva bene a Moratti come Moratti ne voleva a Facchetti. Conosceva le qualità e le debolezze del proprietario, e cercava di dargli tutto l'aiuto possibile: parlando coi giornalisti, una categoria per la quale aveva un'istintiva, sorprendente simpatia (ricambiata); appianando incomprensioni e rivalità dentro la società; e costruendo la sua rete educata di pubbliche relazioni, tra una cena a Cassano d'Adda e un saluto nei saloni di San Siro. Quello tra Facchetti e il figlio di Angelo Moratti è uno di quei rapporti puliti di cui il mondo diffida: e sbaglia.

Un'altra cosa Giacinto sapeva fare bene: il fratello maggiore dei calciatori, di cui capiva le mancanze di carattere, prima ancora che i limiti sul campo. Privatamente, e chiedendo discrezione, raccontava di quello che raccoglieva ragazzette come fossero margherite, e dell'altro che andava in discoteca con le cuffie in testa, convinto di essere un grande disc-jockey quand'era invece solo una discreta punta. A tutti costoro Giacinto offriva i consigli di un ex collega, prima ancora che il rimprovero di un dirigente. Chi tra i giocatori dell'Inter l'ha ascoltato? Guardate le pagelle sui giornali: quelli che prendono i voti più alti.

Era consapevole dell'importanza della reputazione, Facchetti: la sua, quella della squadra, quella del calcio e dell'Italia. All'estero godeva di grande stima. Lo aiutavano il curriculum, i modi tranquilli e quello che i francesi chiamano "il fisico del ruolo". Tra tanti calciatori che hanno l'aspetto da culturisti, o l'occhio acquoso da comparse televisive, Giacinto spiccava: è stato un atleta per tutta la vita. Mi ha detto un comune amico, alto più di due metri: "Giacinto era venti centimetri più basso di me: ma era l'unico che mi facesse sentire piccolo".

Gli sarebbe piaciuto, il commento. Giacinto – con quel bel nome vegetale – era figlio della sua terra: un bergamasco senza montagna e senza accento, che dei bergamaschi aveva però le qualità che contano, e al resto d'Italia spesso sfuggono: la tenacia, l'affidabilità, l'incapacità di parlare a vanvera, l'indignazione lenta ma implacabile. Cinque anni fa, scrivendo di lui per la prima volta, l'avevo chiamato "un olmo piantato sulla strada tra Crema a Treviglio", e la definizione gli era piaciuta. È stato l'inizio di una bella amicizia, purtroppo breve.

Nelle rubrica del mio cellulare è ancora registrato come "Olmo Facchetti". Non lo cancellerò. Lo lascio lì a dar sollievo a chi passa, e a prendere a spallate il tempo. Due attività per cui Giacinto era moralmente e fisicamente dotato.

(Settembre 2006)

NOSTRO MASSIMO BENEFATTORE

Massimo Moratti dice che non intende festeggiare i dieci anni di presidenza, perché s'è dimesso. Benissimo, festeggiamo noi. E se non possiamo celebrare la presidenza ufficiale, festeggiamo un decennio di dirigenza ufficiosa, di munificenza generosa e di vita (sportivamente) avventurosa.

Sarete d'accordo: Moratti merita questo saluto, in occasione del compleanno in neroazzurro. Con quell'aria da professore di storia e filosofia, costretto a fumare all'aperto dalle nuove norme, l'ex presidente piace anche agli avversari, forse per le stupende contraddizioni.

È un petroliere con moglie ambientalista. È un italiano ricco e famoso che mantiene il numero sull'elenco del telefono (così la domenica sera lo chiamano da Bari o Bressanone per discutere di un rigore non dato). Soprattutto, è un personaggio diverso dai soliti che popolano il mondo del calcio: quelli che compaiono davanti alle telecamere con gli occhi astuti, roteando dichiarazioni come scimitarre. Moratti, anche quando s'arrabbia, tira di fioretto. È abbastanza sorprendente – pensandoci – che non gli abbiamo ancora tagliato la testa.

Settima, terza, seconda, ottava, quarta, quinta, terza, seconda e quarta: non si può dire che la sua Inter, in campionato, abbia viziato i tifosi. Il bel ricordo dell'unica vittoria internazionale (Coppa Uefa, 1998), è stato squassato da un doppio incubo, cinque anni dopo: l'esclusione dalla Champions ad opera del Milan, dopo due pareggi,[5] e quella lugubre finale a Manchester.[6] Tutto vero, tutto noto: eppure l'Inter resta, con la Juventus, la squadra più amata d'Italia. Il rapporto tifosi/vittorie ci vede probabilmente al primo posto nel mondo. Moltissimi bambini continuano a scegliere l'Inter, e non solo perché intuiscono che è un modo di prepararsi alla vita.

La squadra di Moratti è l'unica che sia,

---

[5] Milan-Inter, disputata il 7.5.2003. Risultato finale 0-0. Inter-Milan, disputata il 13.5.2003. Risultato finale 1-1 (43' Shevchenko, 83' Martins).

[6] Juventus-Milan, disputata il 28.5.2003. Risultato finale 2-3 dopo i calci di rigore.

insieme, teatrale, epica e fumettistica. Certe espressioni del Massimo Benefattore allo stadio sono memorabili. I suoi entusiasmi sono commoventi, che non vuol dire ridicoli (undici allenatori, non tutti indimenticabili; centocinque giocatori, alcuni scadenti, nessuno gratuito).

La più recente passione morattiana è Roberto Mancini, e tutti ci auguriamo che regali presto al suo mentore (e a tutti noi) grandi soddisfazioni. L'uomo di Jesi certamente non è banale. Alla fine dello scorso anno è riuscito a inventare l'imbattibilità tragica (tipico ossimoro interista); in seguito s'è lanciato nella rincorsa, facendo cose fantastiche; poi è incespicato quando tutti s'aspettavano che decollasse; ora è lì, nel limbo della zona Champions, ma è un posto troppo prevedibile. In futuro, di certo, la banda neroazzurra combinerà qualcosa di orrendo, pazzesco o meraviglioso. Noi non conosciamo le mezze misure.

Moratti intuisce tutto questo. Come ogni giocatore d'azzardo è convinto che la supervincita lo ripagherà di tutto, e non vuol mollare. Alla fine degli anni Novanta ha digerito la supremazia della Juventus, sulla quale una sentenza ha gettato qualche sospetto (prontamente rimosso da tutti, juventini e non: disturba le nostre fantasie). Quel pomeriggio di maggio del 2002 avrebbe stordito un bue:[7] ma Moratti, come Ercolino, è tornato in piedi. Tutti dicono che Giraudo è un duro; ma il vero duro – se ci pensate – è l'uomo di via Durini, che s'è dimostrato un fenomenale incassatore.

Grace under fire, la chiamano gli inglesi: stile anche quando ti sparano addosso. Nel mondo fintamente macho del pallone questo atteggiamento è un ulteriore motivo di sarcasmo. Ogni protagonista dello zoo calcistico italiano – bufali e iene, faine e serpentelli, vecchi cammelli e giovani puma – ha la sua storiella preferita su Moratti, e ama raccontarla in giro. Quella dozzina di volte che il presidente ha perdonato Recoba, l'altra volta che non ha preso Kakà, il giorno in cui non ha accettato le condizioni di Capello, la notte che ha lasciato andare Roberto Carlos.

Non so quanto siano vere, queste leggende calciometropolitane: ma, di sicuro, non sono importanti. Se il calcio è un romanzo, Massimo Moratti ha riempito dieci capitoli lunghi un anno. E noi siamo ancora qui con lui, in attesa del lieto fine.

(Febbraio 2005)

[7] Lazio-Inter, disputata il 5.5.2002. Risultato finale 4-2 (12' Vieri, 19' Poborsky, 24' Di Biagio, 45' Poborsky, 55' Simeone, 73' S. Inzaghi).

ADRIANO, HABEMUS PORTENTUM!

Vinceremo, non vinceremo: lo vedremo (lo sceneggiatore dell'Inter è sempre al lavoro, e chissà che film ha in mente). Ma di sicuro abbiamo in squadra un giocatore impressionante: Adriano.

Non ci voleva un gol dopo uno slalom di settanta metri, per capirlo.[8] Bastava molto meno. Bastava vedere il passaggio per Javi Zanetti che lo superava a destra: un pallonetto che i bambini fanno all'oratorio, e i campioni in campo.

Era un giorno di fine estate 2001: lo sconosciuto diciannovenne Leite Ribeiro Adriano entrò al Santiago Bernabeu e in otto minuti fece cose pazzesche (tiri spaventosi, un gol favoloso, una tecnica marziana).[9] Credo che tutti gli interisti ricordino quella sera, e come hanno reagito. Io sono andato a svegliare mio figlio, e gli ho detto: "Coraggio, ragazzo: ho visto il futuro dell'Inter". Severgnini Jr (anni otto, allora) deve aver pensato che papà fosse infantile e impazzito. Infantile sì, ovviamente (non amerei il calcio). Impazzito, no.

[8] Inter-Udinese, disputata il 17.10.2004. Risultato finale 3-1 (8' Adriano, 11' Adriano, 50' Mauri, 57' Vieri).
[9] Real Madrid-Inter, disputata il 14.8.2001. Risultato finale 1-2 (6' Vieri, 80' Hierro [rig.], 91' Adriano).

Ricordo una frase di Alberto Zaccheroni: "Adriano, se non si perde per strada, diventerà più forte di Ronaldo". In effetti, il ragazzo ha il fisico e il tiro migliore. Sembra anche più quadrato. Per Ronie "colpo di testa" era provarci con l'ennesima bionda. Adriano, per adesso, prende la cosa professionalmente: stacca sul cross, e gira in porta.

Pensate a Van Nistelrooy, Rooney, Raul, Henry, Drogba, Shevchenko: tutti ottimi attaccanti, per carità. Gente di classe. Ma Adriano – quando vuole – è di un altro pianeta. Con un piede solo, il sinistro, tira cannonate terrificanti, da fermo. Sale in cielo per prenderla di testa. Parte in slalom come se giocasse sulla spiaggia. Fa a sportellate come se guidasse un'autoscontro.

Non è vero, quindi, che la dirigenza dell'Inter non distingue il pallone da una zucca: magari ha venduto Roberto Carlos, ma ha scoperto questo talento. Diciamolo: con Adriano in forma, può giocare seconda punta anche Bedy Moratti, e fare la sua discreta figura.

Godiamoci questo spettacolare talento brasiliano, finché dura. Il calcio è questo. Tutto il resto – le leghe e le beghe, gli intrugli e gli imbrogli – fa parte di un altro gioco: non ci piace, ma c'è.

(Ottobre 2004)

BYE-BYE, BOBO

Vieri alla Juve per Thuram? Ma siamo pazzi? Cedere il centravanti della nazionale italiana per un terzino della nazionale francese, un po' spompato per giunta? Non so come la pensino gli interisti, ma so come mi sento io: alla vigilia di un altro "caso Boninsegna". Sottotitolo: "Storico bomber neroazzurro va alla Juve e le fa vincere due scudetti". No, grazie.

Vieri deve partire se vuol partire (e, comunque, non in direzione di Torino). Potrebbe rimanere, invece, se capisse che l'Inter con due centravanti (uno per volta, però) è più forte dell'Inter con un centravanti solo. Ma non credo che Bobo sia di quest'avviso. Quindi, è probabile che se ne vada. E questo – qualunque cosa pensiamo del calciatore e del personaggio – segna un cambio di stagione.

Con la partenza da Milano di Vieri, infatti, finisce un'Inter e ne comincia un'altra. Se ne va il giocatore che s'è caricato sulle spalle la squadra nei momenti difficili, segnando con regolarità impressionante. Resta una formazione più disciplinata; un'Inter legata ad Adriano e Martins davanti, a Stankovic in mezzo, ai due Zanetti.

Il congedo di Bobo lascerà un po' di

malinconia nei cuori neroazzurri. Perché i tifosi sono gli unici romantici del calcio, mentre giocatori e tecnici vanno dove li porta il vento (ce n'è uno che si chiama "euro", lo sapevate? È il nome classico dello scirocco, e spira da sud-est).

È inutile, alla vigilia di un probabile distacco, stare a recriminare. Sembra però evidente che, in questa storia, hanno sbagliato tutti. Di sicuro qualcosa s'è rotto nel momento in cui il centravanti amatissimo ha smesso d'esultare in campo. Basta ascoltare i ragazzini, che possiedono un radar sofisticato, e hanno già sostituito BoboGol con Big Adrian e Little Oba.

Peccato, però. Christian Vieri, per gli interisti, resterà un rimpianto. Ma qualche volta gli addii sono necessari, e in questi casi è giusto celebrarli con stile: come all'inizio dei *Promessi sposi* o alla fine di *Via col vento*. Quindi, se così dev'essere: bye bye, Bobo Boy.

Hai segnato molto, e vinto molto poco. Lascerai comunque un vuoto. Se le cose non sono andate meglio, in fondo, è anche colpa nostra. Ti chiedevamo d'essere un uomo, un leader capace di prendere la squadra in mano. Eri solo un ragazzo in balía di Milano.

(Giugno 2004)

LE AVVENTURE DI CAPITAN ZAC

Un giorno ho ascoltato Alberto Zaccheroni mentre, su Inter Channel, raccontava a Susanna Wermelinger d'avere amato i fumetti di Capitan Miki. Alla luce di quanto sta accadendo all'Inter, dico: notizia interessante e utile.

Chi se lo ricorda, Capitan Miki? È coraggioso e leale. Deciso, ma d'animo sensibile: non un duro come Tex Willer, o un manesco come Blek Macigno. Dopo la morte del tutore per mano dei banditi, s'arruola giovanissimo nei Rangers del Nevada e – recita la biografia – "non si tira mai indietro di fronte al pericolo, tanto che ottiene ben presto il grado di capitano". Miki è di stanza a Fort Coulver, dove si fidanza con Susy, la figlia del comandante (ogni riferimento alla Wermelinger è puramente casuale). I suoi amici sono Doppio Rhum e il Dottor Salasso, un medico non molto affidabile (Combi non c'entra!). Come i lettori sanno, ne succedono di tutti i colori.

Be', anche a Zac. La panchina dell'Inter, sognata da sempre, è arrivata in modo rocambolesco. Dopo un'ottima partenza, è iniziato il solito rodeo neroazzurro. Una figura imbarazzante (batosta in casa con l'Arsenal) seguita da una vittoria spettacolare (a Torino con la Juve).[10] Occasioni fallite (Kiev), sconfitte evitabili (Lazio e Parma), figure penose (Empoli), esibizioni catatoniche (domenica a Modena).[11] Il Massimo comandante lascia, e la guarnigione passa al Colonnello Giacinto.

  In una situazione del genere, molti s'arrenderebbero: non Capitan Zac. Che l'uomo soffra, è chiaro: basta guardare la faccia durante le partite. Che la compagnia sia quella che è, pare evidente: la cavalleria è elegante, ma dietro manca la truppa. Fuor di metafora: nessuna squadra al mondo dispone della rosa d'attaccanti dell'Inter (Vieri, Adriano, Cruz, Martins, Recoba, Kallon e Van der Meyde). Ma nessun'altra squadra di questo livello ha un centrocampo tanto vulnerabile (agli infortuni, agli isterismi) e una difesa così cagionevole (ai cali di forma, ai colpi avversari). I buoni giocatori ci sono, ma contati. Fuori quelli, diventa dura. I sostituti possono vincere

---

  [10] Inter-Arsenal, disputata il 25.11.2003. Risultato finale 1-5 (25' Henry, 32' Vieri, 49' Ljungberg, 85' Henry, 88' Edu, 89' Pires). Juventus-Inter, disputata il 29.11.2003. Risultato finale 1-3 (12' Cruz, 69' Cruz, 75' Martins, 90' Montero).

  [11] Dinamo Kiev-Inter, disputata il 10.12.2003. Risultato finale 1-1 (68' Adani, 85' Rincon). Lazio-Inter, disputata il 21.12.2003. Risultato finale 2-1 (30' Vieri, 42' Corradi, 82' Zauri). Parma-Inter, disputata il 10.1.2004. Risultato finale 1-0 (41' Filippini). Inter-Empoli, disputata il 18.1.2004. Risultato finale 0-1 (91' Rocchi). Modena-Inter, disputata il 25.1.2004. Risultato finale 1-1 (11' Recoba, 41' Makinwa).

eroicamente una battaglia (Torino), ma non la guerra. Il Capitano Zac lo sa: ma che ci può fare? Mica l'ha fatto lui, il reclutamento.

Qualcosa occorre inventare, tuttavia. La società ha il dovere di proteggere Zaccheroni. Zac, da parte sua, deve convincere i suoi uomini che il tempo delle scuse è finito: se vogliono restare all'Inter, si diano una mossa. Non ho mai creduto alla maledizione di San Siro: se, anno dopo anno, fior di calciatori arrivano all'Inter e imbrocchiscono, una ragione ci dev'essere. E c'è. Anzi, ce ne sono due.

Prima ragione. Quando le cose vanno bene – e l'Inter punta a qualcosa d'importante – alcuni non reggono il carico di aspettative (noi interisti siamo degli emeriti rompiscatole, come tutti gli innamorati).

Seconda ragione. Quando le cose vanno meno bene – l'Inter è lontana dagli obiettivi che contano – c'è un calo di tensione. A Modena, dopo venti minuti, la squadra ha staccato la spina. Non so se i giocatori pensassero già alla doccia o alla fidanzata (magari alla doccia con la fidanzata): ma l'impressione era quella. Perché squadre come l'Udinese giocano con tanta grinta? La risposta la conoscono sia il Tenente Spalletti sia il Capitano Zac, che ha servito in Friuli: perché la truppa ha sempre un obiettivo. Deve portare a casa la ghirba.

Cosa deve salvare quest'anno, l'Inter? Coppa Italia, Coppa Uefa e un posto in Champions League. Basta, questo, a giocatori abituati a sognare in grande? Eppure, deve bastare. Altrimenti ci si gioca più d'una stagione. Ci si gioca la faccia. Ci si gioca i tifosi, che sono tanti e santi, ma cominciano a spazientirsi. Ci si gioca Vieri, che se ne va; e Adriano, che rischia di bruciarsi. Ci si gioca un comandante onesto (Facchetti) e un proprietario innamorato (la famiglia Moratti, che potrebbe decidere di vendere a qualche danaroso esibizionista). Ci si gioca il rispetto degli avversari, e – cosa grave – si rischia di far contento Magic Face, l'abile trasformista, nemico giurato di Capitan Zac e della truppa neroazzurra.

Come, chi è Magic Face? Suvvia, un po' di fantasia. Leggete gli album di Capitan Miki, e fatevi un giro a Torino.

(Gennaio 2004)

HECTOR, IL GAUCHO TRISTE

Cuper va, viva Cuper. Sarà che la notizia arriva mentre sono in Brasile, e la distanza rende sentimentali, ma confesso: è come se partisse un parente. Uno zio strano, di quelli che ti fanno arrabbiare, e non capisci dove diavolo vadano a prendere certe idee: eppure gli vuoi bene. L'Inter di questi anni è stata la sua faccia argentina. Quell'impasto di tristezza e orgoglio, quello sguardo da marinaio che aspetta il prossimo imbarco seduto sopra un baule, e continua a sognare isole che non ci sono.

Epilogo inevitabile? Probabilmente. Buona sostituzione? Certamente. Benvenuto Zaccheroni, di cui sono un sostenitore da tempi non sospetti. Una volta mi ha raccontato d'essere cresciuto in una famiglia interista dentro la "Pensione Ambrosiana" di Cesenatico. A un tipo con un curriculum del genere si perdona tutto: un'orrenda domenica del 2002 (quand'era allenatore della Lazio) e un seccante scudetto nel 1999 (quando allenava il Milan).

Ma è bene che Zac lo sappia: sostituisce un monumento. Non date retta a Ronaldo, che ha perso un'altra buona occasione per star zitto (non è mai stato forte di testa, si sa). Cuper è stato, con Simoni, un allenatore che ha voluto bene all'Inter, e noi interisti abbiamo voluto bene a loro. Da troppo tempo non vinciamo, è vero, come i Boston Red Sox e i Chicago Cubs nel baseball. Ma come quelle due squadre, l'Inter è amata, seguita, stimata: un miracolo letterario. Roba capace di mandarti in estasi e in bestia a distanza di mezz'ora: come l'Italia, in fondo.

Di questo romanzo neroazzurro, Hector Cuper è stato il protagonista. Un protagonista imperfetto, ma capace di occhiate transatlantiche e silenzi loquaci. Una volta l'ho paragonato a un monaco medioevale, una sorta di Guglielmo da Baskerville neroazzurro (il novizio Emre, naturalmente, è Adso da Melk). Forse perché l'Inter è un'idea cattolica: caduta, pentimento, assoluzione, sollievo, estasi, nuova caduta. (La Juve è protestante: e infatti protestiamo. Il Milan è metodista: resta da capire qual è il metodo.)

Con Cuper se ne va un uomo complicato, un tipo di difficile interpretazione. La prima volta che ci siamo incontrati invece di rispondere al mio "Buongiorno", mi ha chiesto a bruciapelo: "I giornalisti possono essere obiettivi?". Gli ho risposto di non preoccuparsi: con l'Inter, non ci provavo nemmeno. Ma la sua intensità mi ha colpito. Uno come lui non poteva andarsene in maniera normale. Doveva sfiorare il cielo (Highbury, tre a zero all'Arsenal)[12] e precipitare in una serata bresciana,[13] come un angelo scalognato.

---

[12] Arsenal-Inter, disputata il 17.9.2003. Risultato finale 0-3 (21' Cruz, 24' Van der Meyde, 41' Martins).
[13] Brescia-Inter, disputata il 18.10.2003. Risultato finale 2-2 (21' Baggio, 49' Caracciolo, 62' Cruz, 88' Vieri [rig.]).

Se il calcio è la fantasticheria degli adulti (non l'unica), Hector Cuper ha fornito spunti a volontà. Il poeta, lo psicanalista e il boia che si nascondono in ogni tifoso hanno potuto divertirsi. Mi ha scritto un amico interista qualche ora fa: "Adesso possiamo anche andare in B, ma senza le idiozie di quel mulo. Ha fatto andare via Ronaldo, ha cacciato Crespo; ha umiliato Recoba; ha liquidato Dalmat. Alla prima occasione tiene fuori Cannavaro; non mette dentro Martins nelle partite dove può dare il meglio; vuole le ali e non le fa giocare; considera Helveg il salvatore della patria; scarica Di Biagio come un ferrovecchio, brucia Pasquale. Potrei continuare, ma adesso vado a ubriacarmi d'acqua minerale". Si potrebbe obiettare che Ronaldo se n'è andato da solo; e dove sono finiti Dalmat e Recoba bisognerebbe chiederlo a loro. Ma non è questo il punto. Il punto è che Cuper provoca passioni violente, e le regge.

Lo scrivo e passo oltre, perché oggi lo diranno in tanti: il calcio italiano perde qualcosa. Non sono molti i personaggi che riescono a farsi ricordare per quello che sognano, e non per quello che gridano: Hector Cuper era uno di questi. La sua avventura professionale da Valencia a Milano lo ha portato sotto la vetta del calcio europeo; e dev'essere dura, scendendo, vedere qualcun altro che pianta la bandiera. Non so quanta responsabilità abbia Moratti, quanta i giocatori e quanta Cuper: ma capisco che non potendo licenziare un'intera squadra e chi la paga, in certe occasioni tocchi all'allenatore, che è pagato (bene) per prendersi questi rischi. Però, ripeto: mi dispiace. Avrei voluto vedere Fratello Ettore il giorno in cui vinceva qualcosa. Avrebbe rifatto la faccia che aveva uscendo dallo stadio dell'Arsenal: una gioia incredula e dolente, più da cavaliere solitario che da condottiero.

Neanche il successore – devo dire – ha l'aria militaresca di Capello o Lippi, il Rumsfeld del Delle Alpi; Zaccheroni, come Cuper, rientra nella categoria degli allenatori-poeti. L'Inter con lui vincerà? Me lo auguro. Ma tutto è (ri)cominciato con Cuper. D'accordo: forse ha sbagliato schemi e cambi; probabilmente non ha centrato gli acquisti e le cessioni; quasi certamente ha trasmesso il suo nervosismo febbrile all'Inter, che non ne aveva bisogno. Ma, come mi hanno detto un paio di giocatori, con lui l'Inter ha smesso d'essere un pollaio, ed è diventata una squadra.

Diceva il gaucho Martin Fierro, suo connazionale: "*Más que el sable y que la lanza / suele servir la confianza / que el hombre tiene en sí mismo*". "Più che la sciabola e la lancia / la fiducia suol valere / che in sé l'uomo sa d'avere". Quindi coraggio, Don Hector, e buon viaggio. Gli interisti non dimenticano.

(Ottobre 2003)

3

LA LUNGA MARCIA

"La saggezza si matura / attraverso sofferenze."
Eschilo, *Agamennone*

La lunga marcia non l'hanno fatta solo i cinesi dietro a Mao Tse-tung: anche noi interisti abbiamo una certa pratica. Dopo il traguardo, spesso, si dimenticano le durezze del percorso, i tradimenti, le illusioni e le tentazioni di mollare tutto. Ma non sarebbe degno di noi.

Ecco dunque, nei prossimi tre capitoli, un diario del nostro inseguimento della felicità calcistica (pieno di ritardi inspiegabili e traguardi intermedi). Non partiremo dal 1989 – troppo lontano – ma da dove avevamo lasciato con Altri interismi: *estate 2003, per arrivare all'estate 2006. Mondiali, Calciopoli, quattordicesimo scudetto e la sensazione che qualcosa, finalmente, stesse cambiando.*

HIGHBURY!

Siamo una squadra di pazzi scatenati. Su questo, non ci piove. Ma noi interisti sappiamo riconoscere la gioia, quando arriva. E questo può farlo solo chi ha sofferto. Sapete perché *Here Comes the Sun* l'hanno tirato fuori i Beatles? Perché sono inglesi, e da quelle parti il sole è un regalo, e la fine di un'attesa (fossero stati texani, non ci sarebbero riusciti). Capito adesso perché gli juventini sono sempre soddisfatti, ma non sono mai felici?

Diciamo la verità. Ce la meritavamo, la serata di Highbury.[14] Se la meritano ancora di più Moratti, Cuper e i giocatori. Credo sia stata una delle più belle partite della storia dell'Inter, almeno della storia che ricordo. Emre e Cristiano Zanetti sembravano un incrocio tra il miglior Bedin e un fantastico Oriali, Martins era un Bonimba abbronzato, Van der Meyde un Domenghini del nord. Toldo meglio di Sarti: ovvio. Ma se vogliamo che quella di Londra non resti solo una gran serata, dobbiamo fermarci e pensare: forse nasconde qualche lezione.

Lezione numero uno. La stupefacente partita con l'Arsenal non è stata solo un'esibizio-

[14] Vedi nota 12 a p. 45.

ne di bel gioco, ma una dimostrazione di calma intelligenza. Questo ci piace e ci consola. Perché è nella testa, il problema dell'Inter, e si trasmette agli interisti (i tifosi finiscono inevitabilmente per somigliare alle squadre, e le squadre ai tifosi: è una forma di simbiosi che i biologi dovrebbero studiare). Troppo spesso abbiamo visto i neroazzurri esaltarsi e poi franare. Perché? Mistero.

La lezione numero due è per Cuper. La sua dolente serietà, all'interno del calcio italiano, mi piace: mi sembra un frate finito per sbaglio dentro un baccanale. Devo però ammettere che Fratello Ettore ha spesso reazioni a vapore: alle cose ci arriva, ma con una calma esasperante. Un sondaggio nei bar della Lombardia – quelli dove il giornale viene lasciato sul frigo dei gelati, e a fine giornata è carta velina – avrebbe stabilito da tempo che gente come Cordoba, Emre e Martins va fatta giocare sempre, salvo distorsioni, dissenteria o altri cataclismi. Ivan Ramiro terzino sinistro? Perché no? Quello può giocare anche nel tunnel degli spogliatoi, e arriva sempre prima di tutti.

La lezione numero tre è per Moratti. Occhio agli adulatori di oggi, presidente. Sono i detrattori di ieri e i disfattisti di domani.

La lezione numero quattro è per noi tifosi. Saper sorridere delle disavventure, va bene (l'alternativa sarebbe il bullismo senza memoria, ma quello è lo stile di qualcun altro). Ma non deve diventare vittimismo. Certo: c'è chi ha più santi in paradiso; ma molte squadre ne hanno di meno. Restiamo una delle formazioni più popolari d'Italia, e certamente la più sexy: nessuno riesce a staccare gli occhi dall'Inter.

Lezione numero cinque. L'impresa di Highbury è la prova che i giocatori ci sono. Ma perché abbiamo dovuto aspettare una serata magica, per capirlo? Van der Meyde e Kily Gonzalez li conoscevamo anche prima: sono signori calciatori. Quindi, se in futuro dovessero sbagliare un paio di cross, evitiamo di seppellirli di fischi. Mettiamocelo in testa: se noi continuiamo a punzecchiarla, la squadra ne risente. Uno come Conceiçao perdeva la bussola. Uno come Materazzi – uomo in bilico: quest'anno diventa un campione o un rimpianto – ogni tanto perde la testa. Uno come Dalmat non l'ha ancora trovata. Non tutti sono Javi Zanetti, che di teste ne ha tre (la sua, quella del capitano e quella della moglie).

Sesta e ultima lezione, buona per tutti. Stiamo sereni, fratelli neroazzurri. Highbury è una favola da raccontare ai figli. E noi, comunque vada, non vogliamo tifare per nessun'altra squadra.

(Settembre 2003)

SI RIPRENDE A SOGNARE?

E così si riprende a sognare. È il dovere di tutti i tifosi, e il mestiere degli interisti. Il bello del calcio è che si ricomincia sempre: da una litania d'allenatori per noi dell'Inter, da un'altra delusione in Champions League per gli juventini, da una retrocessione in serie B per i milanisti, da un disastro societario per i laziali. Il calcio è un'eterna palingenesi, che non è il nome di un terzino greco. Ci si rinnova restando se stessi. Si ricomincia a sognare dimenticando gli incubi della notte precedente. E Zac – diciamolo – è il nome giusto per dare un taglio al passato.

Scrivo queste cose da San Paolo del Brasile, che mi sembra alla distanza giusta dai disastri di Mosca.[15] Le scrivo convinto, non preoccupato. Semmai, un po' desolato per le ultime vicende. Ormai noi dell'Inter siamo dei rianimatori professionisti, altro che *ER Medici in prima linea*. L'anno scorso abbiamo rivitalizzato lo spento Barcellona, abbiano rinvigorito una Juventus affaticata, abbiamo resuscitato un Milan asfittico. Solo l'Inter poteva andare a Mosca e rimettere pressione nel motore stanco

---

[15] Lokomotiv Mosca-Inter, disputata il 21.10.2003. Risultato finale 3-0 (2' Loskov, 50' Ashvetia, 58' Khokhlov).

della Lokomotiv. Gente che in Champions non segnava da 558 minuti ci ha fatto tre gol. Però – leggo – "i ragazzi ce l'hanno messa tutta". Ma per piacere.

Scusate: avevo promesso di tornare a sognare, non di continuare a recriminare. Lo farò. Sognerò. Però qualcuno mi spieghi certe picchiate depressive, seguite da impennate euforiche. Dunque: per un mese Recoba è pigro, fuori forma, infortunato, o una combinazione di queste cose; di colpo si scopre che è il salvatore della patria. Per tutta l'estate Emre è un genio; ora sarebbe una riserva. Martins è il miglior giovane attaccante del campionato! No, Martins è finito e lo tiriamo fuori. Secondo voi, come si sentono i giocatori trattati così? Male, si sentono.

Zaccheroni faccia quello che vuole, come vuole, quando vuole: lo giudicheremo dai risultati e dal gioco (sì, anche dal gioco: perché un conto è andar sotto al termine di una magnifica combattutissima partita, un conto annegare in uno stagno). Ma, per favore: ci aiuti a scendere da questo disastroso ottovolante emotivo. Ha buoni giocatori, e lo sa. Gli chieda di comportarsi da professionisti e li mandi a nanna presto. Il resto, se deve venire, verrà da sé. E se non verrà, vuol dire che siamo diventati l'Everton, l'Atletico Madrid, il Palmeiras: una squadra come tante, con un certo fascino e qualche bel ricordo. Le vorremo bene lo stesso.

(Ottobre 2003)

L'URLO DI MUNCH (E DI SAN SIRO)

Cosa volete che vi dica? Ho esaurito le metafore, ho terminato le allegorie, ho finito le parolacce, ho consumato i superlativi, ho raschiato il fondo del barile della tristezza calcistica (che, essendo calcistica, è sempre una tristezza relativa e rimediabile: questo è bene non dimenticarlo mai). Comunque, sono triste, con punte di disperazione e tracce di ammirazione per la mia Inter.

Ammirazione?! Voi direte: com'è possibile, dopo la peggior sconfitta interna di una squadra italiana in coppa, da sempre?[16] Certo: perché la peggior sconfitta interna è seguita a una delle più belle vittorie esterne, quella di Highbury del 17 settembre. È questo il genio dell'Inter, quello per cui ieri abbiamo ricevuto i soliti co-co-co (commenti, condoglianze e coltellate): la capacità di toccare altezze drammatiche di pu-

---

[16] Vedi nota 10 a p. 40.

rezza assoluta. Come Levissima: ma la bottiglia è manovrata da Tafazzi.

Nessuna squadra sa fare altrettanto male ai propri tifosi. Pensateci: una normale sconfitta trasformata in una leggendaria disfatta in quattro minuti, per di più in una lugubre serata di novembre, per di più col solito Vieri immusonito, per di più con la Juventus alle porte, per di più dopo aver fatto dieci punti in quattro partite di campionato. Ma questa è l'Inter, l'unica squadra che, come Matrix, ha creato un universo parallelo dove la gente fa harakiri, si rialza, sorride, poi si infilza di nuovo e stramazza al suolo.

Voi penserete, a questo punto, che io commenti la partita: non posso. Per la prima volta, martedì sera, sono uscito a cena durante un incontro di coppa dell'Inter. Motivo: premonizione. Sì, perché gli interisti ormai hanno dei radar che l'aereo invisibile Stealth se li sogna. Quando abbiamo visto Ronaldo ai mondiali col perizoma di capelli in testa, l'anno scorso, abbiamo capito: guai in vista. Quando abbiamo sentito, in settimana, quell'arietta euforica dopo il cappotto alla Reggina[17] – che, con tutta la simpa-

---

[17] Inter-Reggina, disputata il 22.11.2003. Risultato finale 6-0 (34' Cannavaro, 43' Martins, 50' Van der Meyde, 60' Farinos, 66' Cruz, 75' Vieri).

tia, non è il Real Madrid – abbiamo pensato: ahi. Ma temevamo una puntura, non una randellata così.

Qual è il problema? Se lo sapessi, mi candiderei come psicoanalista ufficiale della società (a proposito: ce n'è uno? Se non c'è, trovatelo). Non penso – come giurano i soliti gentiluomini, specialisti nello scalciare l'uomo a terra – che dipenda dal presidente Moratti. Non ho mai creduto – datemene atto – che dipendesse solo dall'allenatore. Probabilmente manca un uomo in campo che impedisca agli altri di perdere la testa in certe situazioni (un Ferrara, un Maldini, un Totti). Gli unici candidati sono Javier Zanetti, ma è troppo buono. E Bobo Vieri, ma è occupato a tenere il broncio.

Va be', è fatta. Alberto Zaccheroni, che è uno serio, dice: bisogna andare avanti! Io rispondo: bella scoperta, cosa vogliamo fare, andare indietro? Inventarci una sorta di rewind in cui riviviamo la serata di martedì, e poi quel derby col Milan, e poi quell'altro derby col Milan, e poi una serata a Barcellona, e poi quella partita al Delle Alpi, e magari una certa domenica con la Lazio? Basta: ormai la nostra faccia somiglia all'Urlo di Munch. Andate a vederlo, quel quadro, e capirete.

I non-interisti tra i lettori diranno: ma

cambiate squadra! Impossibile, ci piace questa. Ci regala emozioni uniche, che vanno dall'angoscia all'estasi, passando per la preoccupazione e la serenità. A proposito di serenità: se riuscisse a durare un'intera settimana, non sarebbe male.

(Novembre 2003)

IL SERIAL KILLER DELLE ILLUSIONI

L'Inter non è una squadra: è il serial killer delle nostre illusioni. Noi interisti abbiamo parlato fin troppo delle nostre disavventure: prima l'abbiamo messa in ridere (e non era facile); ora concedeteci un periodo di lutto sportivo e meditazione. Ma agli avversari dico: voi, intanto, continuate a sparare cattiverie. Sono le pacche sulle spalle che ci fanno male.

È accaduto a me e a tutti i neroazzurri che conosco. Amici e conoscenti milanisti erano contenti della vittoria[18] (come avrebbero potuto non esserlo?), ma si sentivano imbarazzati, quasi in colpa. Alzi la mano l'interista che non ha rice-

---

[18] Milan-Inter, disputata il 21.2.2004. Risultato finale 3-2 (15' Stankovic, 40' C. Zanetti, 56' Tomasson, 57' Kakà, 85' Seedorf).

vuto l'orrendo messaggino "Mi dispiace...", e ieri non è stato accolto in ufficio con un agghiacciante "Su col morale!" proveniente dalla postazioni rossonere.

Su col morale? Dai milanisti?! Scherziamo? Questa è la vera crudeltà, quella che non possiamo perdonare. Contate i punti che ci separano, parlateci di Kakà, ricordateci Seedorf, che nell'Inter trotterellava come un cameriere a fine turno e adesso è un fulmine di guerra! Diteci dell'infausto destro di Adriano, o della partita di Bobo Vieri (perché era in campo, pare). Questo ci riporta alla normale rivalità tra tifosi, quella che nel 2003 ha eccitato Milano, e ha spedito voi a diventare *vice-campioni* del mondo. (Boca: che dice?)

Non siamo masochisti, noi dell'Inter (va be', un pochino). Semplicemente, non vogliamo sentirci come malati imboccati dall'infermiere. Per questo fa piacere ricevere messaggi come questo, che riassumo: *"Spero che abbiate goduto sabato al Meazza voi tifosucci della beneamata! Insopportabili, sempre pronti a sbandierare la fierezza e umiltà del popolo neroazzurro! Ne trovate sempre una pur di non ammettere l'insignificantezza e il ridicolo della società Inter FC! D'altronde uno come lei che reputa Javier Zanetti un idolo calcistico proprio non dovrebbe proferire parola. Be', compli-*

menti! Saluti rossoneri dalla Finlandia, oggi non fa così freddo qui, solo −2. Lì a Milano invece state schiattando a −19. FORZA MILAN!". Firmato: Vincenzo Tocco.

Così va bene: è di questi avversari che abbiamo bisogno. Gente che ha il cuore di massello, gocciola risentimento e scrive "insignificantezza". Gente così sarebbe piaciuta all'avvocato Prisco, il nostro contradaiolo metropolitano. Essere compatiti? No, grazie.

Il buonismo rossonero – appena si manifesta – va curato. Se è di sinistra, cantategli l'inno di Forza Italia. Altrimenti ricordategli che il Milan non ha vinto il campionato per quarantaquattro anni (1907-1951). E non mancate di fargli i complimenti: quanta strada ha fatto, un'ex squadra di B! Certo, da qualche tempo tocca a noi combinare casini. Ma cambierà. E finché non cambia, litighiamo. Che cavolo: voi siete il diavolo, non dei cherubini. Un po' di stile, che cavolo.

(Febbraio 2004)

INTERATARASSIA

Interatarassia. Neologismo per dire: noi interisti abbiamo raggiunto l'imperturbabilità del saggio ormai libero dalle passioni (Inter+atarassia). Proviamo solo un vago dispiacere e molta tenerezza: all'Inter dei milionari, messa sotto dalle riserve del Brescia,[19] staccata di ventidue punti (!) dalla vetta, non sappiamo più cosa offrire. Tutti i sentimenti, ormai, li abbiamo sperimentati: l'umiliazione (quel derby del 2001), la rabbia incredula seguita dall'autoironia (5 maggio 2002), l'amarezza (semifinali di Champions, maggio 2003), la disillusione (l'uscita dalla Champions 2003/2004), l'umiliazione (sconfitte in casa con Udinese ed Empoli). Ora siamo arrivati al capolinea. Interatarassia, appunto.

"Es un sentimiento nuevo/che ti tiene alta la vita", cantava Franco Battiato. Sostituite "alta" con "bassa": il resto è perfetto. Mi ha scritto una lettrice (Aurora Avenoso) insieme ad altri dodici interisti: "Per la prima volta nella nostra carriera neroazzurra siamo riusciti a non soffrire più per la sconfitta". Una banale tecnica di elaborazione del lutto sportivo? Forse: ma è un sentimento che abbiamo provato in tanti, domenica. C'era una luce livida, uscendo da San Siro domenica 29 febbraio (anche le date balenghe, scegliamo). Nevicava sullo stadio, e non tre strade più in là. Se esiste lo Shake-

---

[19] Inter-Brescia, disputata il 29.2.2004. Risultato finale 1-3 (48' Stankovic, 68' Caracciolo, 73' Del Nero, 83' Caracciolo).

speare del football, aveva trovato la sua scenografia.

L'Inter – l'ho scritto, lo ripeto – è il serial killer delle nostre illusioni. Ma come capita a molte vittime, siamo legati indissolubilmente al nostro carnefice (che dobbiamo fare? Tenere al Milan di lotta e di governo? Non scherziamo). La squadra neroazzurra ha una tifoseria seconda solo alla Juventus come numero, ma prima per furibonda lealtà, attaccamento e frequenza allo stadio. San Siro domenica ha applaudito un recupero difensivo di Kily come se fosse un gol: ditemi se non siamo commoventi.

Certo: ci sono poi le questioni tecniche, che altri sanno spiegarvi più di me. Ma l'ho visto anch'io Helveg difensore centrale, spaesato come Heidi in città. Ho sofferto con Javi Zanetti costretto a fare l'uomo di destra nella difesa a tre. Ho pensato a tutti quelli che si sono fatti male e si sono fatti squalificare (ho parlato con Materazzi: sa quanto servirebbe, e si sente in colpa). Mi sono chiesto perché invece di imbottirci di centravanti non abbiamo cercato difensori.

Ma questi sono dettagli. Il problema dell'Inter non è nei piedi dei calciatori: è nella loro testa e nelle loro facce. Hanno l'aria infelice, la stessa che in pochi mesi è venuta a Zaccheroni. Questo è disastroso: perché il calcio è, prima di tutto, spettacolo e gioia. Per voi e – scusate – anche per noi.

A proposito: quando cominciamo a divertirci un po'?

(Marzo 2004)

D.C. CLUB

Cari juventini, benvenuti nel D.C. Club. No, non è un gruppo di ex democristiani, un'associazione di residenti a Washington o un riferimento all'era cristiana. Il D.C. Club è il Club delle Delusioni Cocenti. Noi interisti siamo soci onorari, ma ogni tifoseria, prima o dopo, ottiene l'iscrizione. Voi bianconeri, devo dire, avete fatto resistenza (tutti quegli scudetti!). Ma infine, eccovi.

In quanto nuovi arrivati, non avete esperienza. Ecco, quindi, le regole del Club delle Delusioni Cocenti. Imparatele, senza fretta. Capirete che, in fondo, il D.C. Club non è un posto tanto male (basta non restarci troppo a lungo).

1. La Delusione Cocente mette alla prova passione e lealtà. Troppo facile tifare per chi vince sempre. Una settimana come questa forgerà il

carattere dei bambini juventini (quelli interisti sono forgiatissimi).[20] Entrare in classe quando si vince lo scudetto è facile. Entrarci dopo aver perso un'altra finale di Champions League è più difficile. Entrarci dopo che la Squadra in Lizza per Tutto è diventata la Squadra che s'è Giocata le Mutande, è eroico. Ma i bimbi bianconeri, senza arrossire, potranno dire: la Juve ci ha provato, ha dato quel che aveva. Questo non vale una Champions League: ma vale.

2. La Delusione Cocente insegna a battersi nelle inutili e squisite discussioni da bar, e a sopravvivere nelle mattanze del lunedì in ufficio. La Delusione Cocente aguzza l'ingegno, stimola la fantasia, allena la dialettica, affina l'autoironia. La Vittoria Continua è ottima per il palmares della squadra, ma è pessima per la salute cerebrale del tifoso.

3. La Delusione Cocente è memorabile. Questa tragica settimana entrerà nelle leggende bianconere più del solito, noioso scudetto. Pensate che

[20] Juventus-Deportivo La Coruña, disputata il 9.3.2004. Risultato finale 0-1 (12' Pandiani). Juventus-Milan, disputata il 14.3.2004. Risultato finale 1-3 (25' Shevchenko, 63' Seedorf, 75' Seedorf, 81' Ferrara). Lazio-Juventus, finale di andata di Coppa Italia, disputata il 17.3.2004. Risultato finale 2-0 (59' Fiore, 80' Fiore).

si divertano, i tifosi dell'Ajax, a vincere un titolo dopo l'altro (Scena: caffè di Amsterdam, dialogo tra Wim e Jaap: "Hai visto che abbiamo vinto lo scudetto?" "Ancora? Che noia. Cos'è, il 150esimo?" "No Jaap, sono solo 148". "Che delusione, Wim: questa squadra non è più quella di una volta.").

4. Un Grande Successo produce ammirazione, ma l'Immancabile Successo rende impopolari: gli juventini lo sanno bene. La Delusione Cocente, invece, rende umani, e quindi simpatici (i tifosi del Torino, del Genoa e del Napoli sono apprezzati ovunque: gente tosta, che tiene botta). Confesso d'aver guardato con occhi nuovi la Triade in tribuna all'Olimpico, mercoledì sera. Moggi sembrava umano, Bettega aveva uno sguardo mite, Giraudo appariva virilmente rassegnato. So che presto dovrò tornare a guardarli male: ma adesso lasciatemi cullare in questa illusione.

5. La Delusione Cocente prepara alla Gioia Intensa. Lo sappiamo bene noi dell'Inter, che anche in un anno disgraziato come questo siamo stati davvero felici due volte: dopo la spettacolare vittoria sull'Arsenal; e dopo la sublime par-

tita a Torino. I tifosi juventini, per loro stessa ammissione, non sono mai felici: provano soltanto sollievo quando la solita vittoria allontana l'insolita delusione. Da oggi è diverso: vedrete come sarà bello quando la luce della vittoria tornerà a illuminare il Delle Alpi (a proposito: andateci! È sempre semivuoto. Sapete perché i giocatori della Juve s'abbracciano con tanta foga dopo i gol? Non è la gioia. È che si sentono soli).

6. La Delusione Cocente non dura. Come minimo, scuoce. Più spesso lascia il posto a una nuova soddisfazione. In aviazione si dice: "Sopra ogni nuvola c'è il sole". Quindi, su col morale: tornerete a vincere (onestamente, magari). Senza fretta, però. Prima tocca a noi.

(Marzo 2004)

IL SOLE SPLENDE, I FIORI SBOCCIANO. E ABBIAMO VINTO UN'ALTRA VOLTA CON LA JUVE

Noi interisti ci scambiamo pizzicotti per esser certi di non aver sognato: eppure era l'Inter, quella che strapazzava allegramente la Juventus.[21] La stessa squadra che ha perso in casa con le riserve del Brescia. Dicono che il calcio sia strano: qualche volta sembra una gabbia di matti, ma forse questo è il bello.

Inter-Juventus è stata una partita insolita, e non solo perché è durata un'ora (poi le squadre hanno chiuso le ostilità: solo quel monellaccio di Di Vaio non l'ha capito, e ha fatto gol). È stata insolita perché ha dimostrato quello che la maggioranza della tifoseria neroazzurra sostiene da tempo: i giocatori ci sono. Se ricordano che la testa non serve solo per colpire i cross, la squadra può togliersi qualche soddisfazione. E noi pure.

Non sono tutti campionissimi? D'accordo: e allora? Sono professionisti che hanno giocato finali di Coppa Campioni, vinto campionati nazionali, partecipato a Europei e Mondiali: non è possibile che non riescano a fare tre passaggi di fila, com'è successo a Lisbona.[22] Prendiamo Farinos e Karagounis. Saranno pure la classe operaia del calcio europeo, ma con una squadra di soli aristocratici non si va da nessuna parte. Era una gioia vederli chieder palla e prendersi responsabilità, nelle ultime partite.

[21] Inter-Juventus, disputata il 9.3.2004. Risultato finale 3-2 (6' Martins, 26' aut. Kily Gonzalez, 45' Vieri [rig.], 47' Stankovic, 93' Di Vaio).

[22] Benfica-Inter, disputata l'11.3.2004. Risultato finale 0-0.

Perché è bene dire queste cose? Perché noi dell'Inter tendiamo a dimenticarle. Le ansie di un proprietario paterno e di una tifoseria impaziente spingono a cercare scorciatoie: siamo come malati che invece di diagnosticare il virus che provoca la febbre, continuano a buttar giù tachipirina. Certo, la temperatura s'abbassa; ma poi torna su. Traduzione: non serve continuare a cambiare allenatore, sempre in cerca di un Mandrake che risolva tutto. Non serve distribuire cariche societarie, se manca una catena di comando che incuta rispetto ai giocatori. Non serve continuare ad acquistare nomi sensazionali che poi finiscono nel tritacarne. A proposito: occhio ad Adriano. Va accudito come il Milan accudisce Kakà. Se facciamo fallire uno così, non protesta solo Milano neroazzurra. Intervengono le Nazioni Unite.

Eppure – vedrete – ci sarà chi dice: "Bisogna far piazza pulita e ricominciare!". Sono i Rifondatori Consumisti: se gli diamo retta, prepariamoci ad altri "casi Pirlorf" (Pirlo+Seedorf). Erano dell'Inter, ma all'Inter qualcuno – non so chi, non chiedetemi perché – non ha saputo capirli/gestirli/utilizzarli. È stato neroazzurro anche Baggio il Delizioso, passato come una meteora; il Gaucho Simeone, eliminato come un rumore molesto; il mitico Roberto Carlos, detto

Rimpianto. E Silvestre? A San Siro veniva fischiato neanche fosse un posteggiatore entrato in campo per sbaglio; da anni gioca titolare nel Manchester United, e noi dobbiamo sperare in Pasquale.

La lista degli incompresi potrebbe continuare, ma è triste: risparmiatecela, in questi giorni di gioia. La questione però è chiara, e non va dimenticata: se pianto un albero e non cresce, la colpa può essere dell'albero. Se pianto due alberi e non crescono, forse dipende dal giardiniere. Ma se pianto cento alberi e ne avvizziscono cinquanta, il problema è il terreno.

Perdonate la metafora agricola: ma Facchetti, che è di Treviglio, l'ha capita. E credo si darà da fare. Questo è infatti il momento giusto per spiegare a tutti qual è il progetto, e programmare il raccolto futuro: il sole splende, i fiori sbocciano, e abbiamo vinto un'altra volta con la Juve.

(Aprile 2004)

L'IMBATTIBILITÁ TRAGICA

L'Inter è l'unica squadra dell'universo capace di trasformare l'imbattibilità in un dramma. Ammettetelo: ci vuole del genio. Altro che "morbo nello spogliatoio", come dice il vice-allenatore. Questa è arte, e rarefatta follia: quella che rende noi interisti ammirevoli, e moltiplica la leggenda. Una follia che avrebbe ispirato Italo Calvino. Ma il Barone Rampante, quello che viveva sugli alberi, era prevedibile come un contabile, rispetto all'Internazionale Football Club. Meglio il Visconte Dimezzato (Medardo, visconte di Terralba, diviso in due metà perfettamente simmetriche da una palla di cannone). Sembra una buona allegoria dei pareggi che ci perseguitano.

Nove su undici partite, due sole vittorie, nessuna sconfitta, la classifica che sappiamo.[23] Guardate che quella dell'imbattibilità tragica è davvero stupenda: non riesco a immaginare altre squadre al mondo che riescano a inventarsi qualcosa del genere. Sette rimonte subite in campionato: credo che ogni interista, in questi giorni, stia cercando di mettere ordine tra i suoi sentimenti. Vince la delusione, seguita dallo stupore e dalla rabbia? O è più lo stupore, seguito dalla rabbia e dalla delusione? Io scelgo quest'ordine: stupore (assoluto), delusione (solita), rabbia (attenuata dall'abitudine).

[23] Dopo le prime 11 giornate del campionato 2004-2005, l'Inter era settima con 15 punti, a 13 dalla Juventus capolista e a 7 dal Milan, secondo.

Scrivo da Atlanta – mattino umido, cielo grigio come l'umore di Mancini – dopo due settimane di viaggio negli Stati Uniti. Dovunque – negli aeroporti e per strada, da Miami a San Francisco – trovo tifosi neroazzurri. Certo: ricordano Ronaldo e amano Adriano. Citano i Red Sox di Boston, vincitori dopo 86 anni, e chiedono quando toccherà a noi (risposta: boh). Si riuniscono nei bar italiani per vedere le partite. Ma, sotto sotto, anche gli interisti d'America sembrano consapevoli d'appartenere a una specie protetta: quella dell'impresa impossibile (anzi, visto che sono qui: Mission Impossible).

Scrivere queste cose non è un'ennesima dimostrazione del masochismo interista: è semplicemente una tecnica di sopravvivenza (sportiva). Notate che non esprimo giudizi sulla campagna-acquisti o sulla conduzione di Bobby Mancini: non ho partecipato alle sviolinate estive, evito di suonare oggi i tamburi di guerra. Mi limito a osservare da lontano, fedele e ottimista come un vecchio bolscevico.

Bene, basta così. Domenica c'è il Cagliari, pari punti con noi. Se dovessimo vincere ci sarà qualcuno che, sotto sotto, si dispiacerà: il decimo pareggio o la prima sconfitta sarebbero esiti più estrosi. Ma la maggioranza di noi dice: grazie, anche per quest'anno abbiamo dato. Adesso vediamo di portare a casa i tre punti. Sono meno artistici, ma ci servono.[24]

(Novembre 2004)

---

[24] Cagliari-Inter, disputata il 14.11.2004. Risultato finale 3-3 (4' Zola [rig.], 33' Langella, 35' Stankovic, 61' Esposito, 76' Martins, 89' Martins).

4
IL PAESE DELLE FINTE

"Sembra che io sia destinato a scoprire
solo cose ovvie."

SIGMUND FREUD, in *Vita e opere di Freud*
di Ernest Jones, 1953

UN CALCIO IN TRIBUNALE

Approfittando della pausa (campionato finito, Europei in arrivo), meditavo. Ho cominciato a scrivere di calcio perché lo trovavo divertente e rilassante. Un modo per distrarsi dai guai del mondo, che fanno parte del mestiere di un giornalista. Nello sport – pensavo – le sconfitte sono relative, le resurrezioni spettacolari, gli episodi memorabili, le delusioni superabili.

Be', mi sbagliavo. Il calcio sta diventando un fenomenale concentrato di brutture, sospetti, imbrogli e reati. Mai avrei immaginato che la mia laurea in legge (Pavia, 1981) mi servisse per scrivere sulla "Gazzetta" o parlare alla "Domenica Sportiva". Negli ultimi mesi ho dovuto rispolverare il diritto penale (Parmalat, Lazio-Cragnotti, calcio-scommesse), il diritto fallimentare (Roma, e non solo), il diritto privato (contratti), il diritto pubblico (decreto spalmadebiti), il diritto tributario (progetto spalma-Irpef), il diritto internazionale (la Commissione UE non vuole). Ho dovuto ricordare elementi di medicina legale (doping, uso di stupefacenti) e di criminologia (le follie di alcune curve, e la pazzia di quelli che le giustificano). Mancano solo diritto ecclesiastico e diritto della navigazione. Ma non escludo che un parroco-ultrà rapisca un arbitro col motoscafo: poi siamo a posto.

Si scherza, ma fino a un certo punto. È vero che il sogno di un calcio impeccabile è infantile, visto i molti peccati della società in cui il calcio si muove. Ma qui si sta esagerando. È vero: non accade solo in Italia. Nel Portogallo che tra pochi giorni ospiterà gli Europei è finito in galera il presidente della Lega. Ma da noi non si tratta d'un episodio: è un disastro a puntate. Mi chiedo – anzi: vi chiedo, perché io non lo so – quanto si potrà andare avanti. I tifosi, per poter litigare in pace al bar, dovranno assumere un investigatore privato?

La sensazione è che i padroni del football – società, autorità federali, televisioni, giocatori e allenatori importanti – pensino: qualunque cosa succeda, il calcio vincerà. Un pallone bianco che schizza su un campo verde cancella qualsiasi brutta figura. Ogni fischio d'inizio è una catarsi (per il significato, chiedere ai giocatori iscritti al Cepu). Ogni bella azione annulla giorni di cattivi pensieri. Ogni gol sembra un sogno in regalo (soprattutto quando non lo segnano nella tua porta).

Come tutti gli adulti infantili bisognosi di calcio, mi auguro che abbiano ragione. Spero che la vita spericolata di tanti professionisti del calcio non abbia conseguenza sul gioco che tutti amiamo. Mi illudo, come tutti gli appassionati, che il nostro imbarazzo sia corto come la nostra memoria. Perché diciamolo: c'è parecchio, da dimenticare.

Anche per questo sono contento che arrivino gli Europei. Vi siete mai chiesti perché piacciono tanto, queste competizioni? Perché il calcio torna a essere quello che dev'essere: un gioco dove si teme di perdere ma si sogna di vincere, seduti davanti a un televisore con birra fredda da bere, pizza calda da mangiare e amici tiepidi da sopportare. Io dico: per godersi queste cose, mica ci vorrà la laurea in giurisprudenza?

(Maggio 2004)

IL PAESE DELLE FINTE

Sapete cosa sono le FINTE? Sono le Fasulle Indignazioni Nazionali Tardive ed Emotive. L'ultima va in scena in questi giorni. Chi non sapeva, tra quanti si occupano professionalmente di calcio, che Moggi & C. fossero, diciamo, disinvolti, scagli la prima pietra. Anzi, meglio di no. Diventerebbe una lapidazione, e non se ne sente il bisogno.

Perché le FINTE sono odiose? Perché sono ipocrite, e tuttavia necessarie. È triste che questo pasticcio accada alla vigilia del Mondiale, con una nazionale piena di juventini ed ex juventini: non ci voleva un genio per capire che sarebbero rimasti coinvolti, e infatti sta accadendo. Ma ripeto: la pustola del calcio doveva scoppiare, prima o poi. La parodia del vinca-il-migliore! e degli arbitri "la cui buona fede non è in discussione" lasciamola a Biscardi.

Doveva finire: e infatti sta finendo, nel modo peggiore. Gli unici a credere che i risultati della Juventus (e non solo) dipendessero solo dal campo erano milioni di tifosi, per cui dispiace, perché non c'entrano. Hanno una passione – ricordi e formazioni imparate a memoria, partite allo stadio col papà e serate con gli amici – e gliel'hanno sporcata. Tutti gli altri – quelli che giocano, dirigono, allenano, preparano, frequentano, masticano, conoscono e lavorano col calcio (sì, anche noi giornalisti) – dovrebbero chiedersi: far finta di nulla è stata una buona idea?

È vero, non c'erano le prove, e non s'immaginavano le dimensioni. Molti di noi però hanno confuso la patologia con la fisiologia: e questo è grave. Non è accaduto solo col calcio: le FINTE appartengono a una (dis)onorata tradizione nazionale, che comincia con un'alzata di spalle e finisce con l'omertà.

È accaduto col finanziamento della politica e dei politici (1992/1993), col doping nel ciclismo (1999/2000), con le banche che imbrogliavano i clienti (2004/2005). Ogni volta, stupore fasullo e lacrime inutili. Seguite da un grido(lino) di dolore: "Ma lo facevano tutti!". E allora? Non avrebbero dovuto farlo. E poi non è vero che lo facessero tutti. Prendiamo il calcio: tra Facchetti e Moggi, e tra Collina e Pairetto, c'è una differenza (spero).

Ogni volta, insieme alle FINTE, parte lo spettacolo desolante della caccia alle streghe, degli spari nel mucchio, dei silenzi vigliacchi, dei moralisti improvvisati, degli immorali interessati, del magistrato esibizionista che si mette in scia dei colleghi meticolosi, dei dietrologhi e dei complottisti (la teoria che va per la maggiore: sarà un caso che l'ultimo scandalo sia scoppiato in coincidenza col cambio di governo?).

Tutto intorno, il coro delle vittime che, sotto la gogna dei media (o magari dal carcere), gridano: "Perché noi sì e loro no?". Risposta: perché il vostro comportamento ha contribuito a creare la valanga. Poi è chiaro: qualcuno ci resta sotto, e qualcuno se la cava con uno spavento. Ma questo è normale: chiedere agli sciatori.

Sta accadendo col calcio; è accaduto, come dicevo, in campi diversi come la politica e la finanza. La causa è sempre la stessa: esistono norme, in Italia, che si è deciso tacitamente di ignorare; finché qualcuno non le tira fuori, e le usa per i suoi scopi (buoni o meno buoni, a quel punto diventa impossibile capire). Come finisce? Nel caos, seguito dall'amnesia o dall'amnistia. Ma intanto ci siamo giocati un altro pezzo di reputazione. È successo con la politica, è successo col ciclismo, è successo con le banche. Succede col pallone.

Volete sapere in quali campi avverranno le prossime FINTE? Risposta facile: in Italia i segreti sono pochi, e i Pulcinella sono molti. Accadrà con le amministrazioni locali (al sud, ma non solo), con l'evasione fiscale (i professionisti che guadagnano mezzo milione di euro e ne dichiarano cinquantamila sono tra noi), con l'università (tutti sappiamo come funzionano i concorsi), con le nomine ospedaliere (un partito decide qual è il primario migliore per la nostra salute: cose da pazzi).

Domanda successiva: quando accadrà? Semplice: appena un gruppo avrà motivi e disperazione sufficiente per invocare la norma (che esiste), e scatenare un putiferio.

Ecco perché ora è toccato al calcio. Davanti all'ingordigia di qualcuno, molti hanno pensato: basta.

(Maggio 2006)

AMNISTIE, NO GRAZIE

Amnistie, no. Dopo averla conquistata sui campi tedeschi e nelle piazze italiane, perderemmo la stima e la simpatia del mondo. Disagio sì: è normale e legittimo. Immaginare Cannavaro e Buffon in serie B è difficile; pensarli a Madrid, malinconico. La prospettiva di un campionato di serie A senza Juventus e Milan non rallegra nessuno. Di sicuro, non un interista. È bello vincere contro avversari della stessa forza. La slealtà ci fa arrabbiare, ma non ci rende ciechi.

È bellissima la Coppa del Mondo che gli azzurri di Lippi hanno riportato dalla Germania.

Eravamo là e possiamo solo dire: complimenti. Ma un po' d'imbarazzo c'è, inutile negarlo.

Non c'è dubbio – come ricorda onestamente Gattuso – che Calciopoli sia stato il carburante del Mondiale. È pazzesco, forse: ma solo per chi non conosce gli italiani. Gli azzurri non giocavano solo per vincere un torneo: ma anche per la propria autostima e per il nostro rispetto. Giocavano per la reputazione dell'Italia e del calcio italiano. Il risultato è stato quello che avete visto: una concentrazione mostruosa che ha tenuto anche quando le gambe non c'erano più (dal 46° al 109° minuto della finale, quando Zidane si è immolato, come un eroe tragico finito per sbaglio in un fumetto).[25]

Certo: gli amanti del calcio – gli stessi che hanno pianto di gioia per gli azzurri – hanno pianto di rabbia per aver inseguito, anno dopo anno, sogni taroccati. Si sono sentiti orgogliosi, dopo essere stati presi in giro. E non hanno intenzione di seppellire tutto sotto un condono. Le società responsabili, quindi, vanno punite: possibilmente, cercando di non fare di tutta l'erba un fascio.

[25] Italia-Francia, disputata a Berlino il 9.7.2006. Risultato finale 6-4 dopo i calci di rigore (7' Zidane [rig.], 19' Materazzi; rigori: Pirlo, Wiltord, Materazzi, De Rossi, Abidal, Del Piero, Sagnol, Grosso).

Ma com'è possibile punire le società colpevoli senza punire i calciatori che ci giocano? Come fare giustizia senza distruggere due campionati (la serie A, svuotata, e la serie B, stravolta)? Se qualcuno conosce la risposta, si faccia avanti. Noi accontentiamoci di far la guardia al nostro disagio, perché di sicuro ci sarà qualcuno che tenterà di usarlo per i suoi scopi.

Gli avvocati di Moggi, per esempio, ci hanno appena provato. Hanno ricordato che la finale mondiale era piena di giocatori scovati e cresciuti dal loro assistito (nell'Italia, ma anche nella Francia). E allora? Nessuno ha mai dubitato che Big Luciano sapesse di calcio. Quello che non sapevamo era che il personaggio si occupasse anche d'altro – non altrettanto buono – altrettanto bene.

Non è con questi argomenti che supereremo il disagio, e torneremo ad amare il calcio domestico, quello delle domeniche pomeriggio, delle autoradio e dei figli allo stadio. È invece con la calma, con la serenità e con responsabilità di tutti: quelli che giocano, quelli che guardano.

Vincere i Mondiali ha reso tutto più difficile, quindi più facile.

(Luglio 2006)

5

LA VENDETTA
DI PAPERINO

"La vera gloria di un vincitore è quella
di essere clemente."

Vincenzo Cuoco, *Saggio storico sulla
rivoluzione napoletana del 1799*

Gli interisti stanno provando molte e confuse sensazioni, in questi giorni. La più forte è un'impressione di déjà vu. Dove le abbiamo già sentite e viste, certe cose? Semplice: nelle telefonate furibonde della domenica sera, nelle email ingenue e impotenti del lunedì mattina. Aprite la casella "posta inviata" di un interista e ci trovate tutto quello che i magistrati stanno scoprendo: il rigorino juventino, metodico e furbino; l'arbitro impudico, il segnalinee distratto, l'ammonizione tattica, le amicizie ramificate. Protestare non serviva a niente: in ufficio, il collega bianconero aveva la battuta pronta e la faccina compunta. Per anni ci siamo sentiti come Paperino con Gastone: simpatici magari, ma frustrati.

    Improvvisamente, è cambiato tutto. Calciopoli è la vendetta di Paperino.

    Oddio: vendetta è una parola grossa. Diciamo che Paperino, giorno dopo giorno, sta avendo le prove che non era impazzito. Non era solo fortuna, quella di Gastone: dava una mano anche la Banda Bassotti.

Eppure le intercettazioni non ci rendono felici. Anche questo, se ci pensate, è logico. Avete mai visto Paperino gioire delle disgrazie altrui? No. Al massimo emette un "Quack!" di rabbia, salta e impreca, poi si ferma a pensare. Magari si commuove pure, e tende la zampa. Non so se l'avete notato, ma pochi interisti infieriscono sugli avversari, in questi giorni. A meno che costoro neghino l'evidenza o siano arroganti. Perché talvolta Gastone fa pure questo, e allora diventa proprio insopportabile.

Comunque sia, diciamolo: sono giornate pazzesche e imprevedibili, per le quali – in quanto neroazzurri – siamo preparati. L'amore per l'Inter abitua all'ottovolante emotivo, e abbiamo il cuore forte. Ma sarebbe ipocrita non ammetterlo: c'è una sorta di piacere doloroso nel vedere nero su bianco i nostri sospetti sui bianconeri. C'è una consolazione amara nello scoprire le situazioni – davvero fumettistiche – in cui erano andati a cacciarsi Moggi & C. Paperino interista sapeva tutto, in fondo. Ma adesso sono convinti anche Qui, Quo e Qua. Come dire: agli occhi di figli e nipoti, che ci prendevano per matti, abbiamo guadagnato molti punti.

Qualcuno dirà: quante storie, qualcosa avrà combinato pure l'Inter! Risposta: non è da escludere (penso alla vicenda passaporti e ad alcune valutazioni di bilancio; NON alle conversazioni tra Facchetti e Pairetto, che dovrebbero invece servire d'esempio). Comunque, nulla di paragonabile a quello che si sente e si legge in questi giorni. All'Inter, se qualcuno rischia di venir chiuso nello spogliatoio e preso a male parole, è l'allenatore, non l'arbitro. "Papà resta!" (staccato) i nostri figli ce lo dicevano solo quando lasciavamo la stanza furibondi, dopo serate come quella di Villarreal. Queste sono le nostre colpe, non altre.

P.S. Qualcuno avrà notato che non abbiamo parlato del Milan, perfetta combinazione di Rockerduck e Paperoga (del primo ha i mezzi finanziari e il cinismo, del secondo i colori sociali e una certa vocazione a combinar casini). Cosa dice Paperino neroazzurro del concittadino Paperduck, ultimamente buon amico di Gastone? Nulla, per adesso. Ma di fumetti se ne intende, e sa che c'è tempo. Questa è una storia a puntate, e – purtroppo, per fortuna – non è finita.

* * *

Confesso. Ero di quelli che, all'inizio, dicevano: "Lo scudetto? Se lo tengano". Poi ho capito che se lo sarebbero tenuti davvero. Come, chi? Gli juventini – non tutti, ma tanti – che vorrebbero chiudere tutto con qualche promessa e un bel sorriso.

Niente da fare: stavolta non funziona. L'Inter deve prendersi lo scudetto, e cucirselo sulla maglia: lo pretendono i figli degli interisti, che non sono svagati come i padri e le madri. Non è una vendetta infantile, la loro. È un risarcimento – morale e parziale – per i difficili ingressi in classe dopo troppi campionati finiti misteriosamente male. Coppe Italia e Supercoppe di Lega non bastano.

In questo Paese siamo bravi a girare le frittate, dopo averle fatte: ma nel calcio operano veri specialisti. Leggete le interviste e le dichiarazioni di questi giorni. Tutti i condannati gridano indignati per la durezza della pena (in qualche caso, può essere vero). Non uno che chieda scusa. I dirigenti accusano altri dirigenti. Gli allenatori tacciono o traslocano. I giocatori hanno sentito puzza di bruciato e, salvo eccezioni, si preparano a fuggire come cervi davanti a un incendio. Al prossimo che ci parlerà di "attaccamento alla maglia" propongo di assegnare la Palma d'Oro del Salone dell'Umorismo. Visto che è d'oro, l'accetterà.

Occorre una pietra miliare, un monumento, un cippo che ricordi quello che è accaduto nel 2006. Uno scudetto che cambia padrone è indimenticabile. Sia chiaro: non ne facciamo una questione di lealtà sportiva. Parlare di lealtà nel calcio è come parlare di acqua frizzante del deserto: si può fare, ma è ridicolo e un po' crudele. La restituzione di uno scudetto è solo un monito ad altissimo volume, che anche i più moralmente audiolesi sentiranno. Vuol dire: "Attenzione, gente, c'è una novità! Perfino in Italia non si può sempre farla franca".

Non credo che l'Inter o Moratti faranno festa per il quattordicesimo tricolore: il calcio è in lutto, e – Mondiale a parte – non c'è niente da celebrare. Ci sono gioie meste, e questa è una. Un interista che gioisse per la Juventus in serie B sarebbe un sadico. Un interista che non s'indignasse per le accuse meschine di Moggi a Facchetti sarebbe uno sciocco. Ha aggiunto, Big Luciano: "Non ho visto alcuna contestazione o censura [della Juve] per come si è comportato il sottoscritto".

Be', cominciamo a scucire lo scudetto. E poi vediamo.

(Maggio/luglio 2006)

6

LE INTERVISTE IMPOSSIBILI

"Che cosa vieta di dire la verità / ridendo?"
"Quamquam ridentem dicere verum /quid vetat?"
Orazio, *Satire*

L'INCUBO DEL CONIGLIO MANNARO

Avvocato Prisco, come vede la cosa da lassù?
Quale cosa?

Ma come? Il ritorno di Ronaldo a Milano. Non si parla d'altro.
Beati voi! Quassù siamo occupati con Capello. Dice che Madrid e Manchester non sono alla sua altezza, e chiede di mandargli una squadra da qui. Solo gente che gioca divinamente.

Avvocato, non può intercedere presso Moratti? Se no finisce che riporta a Milano il Coniglio Mannaro: dopo quello che ci ha fatto.
Be', uno i soldi li spende come vuole.

Vero. Ma perché Moratti deve farci questo? Dicono sia masochista, invece è un sadico.

Ma no, ha solo la testa tra le nuvole. Ogni tanto sono qui che passeggio e zac! sbuca la testa di Massimo tra due cirri. La riconosco perché è spettinata.

Avvocato, siamo seri. Cosa pensa di Ronaldo?
Era un bravo ragazzo. Adesso non mi sembra tanto bravo, e soprattutto non è più un ragazzo. Ha un giro-vita che sembra il diavolo Geppo – sa, quello che fa un casino d'inferno e crede d'essere Gattuso.

Quindi lei non lo ricomprerebbe?
Geppo?

No, Ronaldo.
Come "ricomprarlo"? Non viene gratis?

Gratis? Quando mai una star fa qualcosa gratis? L'unica cosa gratuita del calcio, avvocato, è l'amore dei tifosi.
Questa è bella. Devo dirla a sant'Agostino, che mi sta dando una mano con *Le confessioni (neroazzurre)*.

Prisco, si concentri. Cosa possiamo fare per evitare l'irreparabile? La curva è contro, la maggioranza dei tifosi è contro, Milano è contro. Moratti, nien-

te. Le leggo il titolo della "Gazzetta" di ieri: "Moratti. Tre sì a Ronaldo".
E pensare che a Milly ne ha detto uno solo. A proposito: Milly cosa ne pensa?

Non so, ma la conosce: è fissata col riciclo, e Ronaldo da questo punto di vista rappresenta una bella sfida.
E Mancini?

È preoccupato. Se Ronie arriva e comincia a lamentarsi dei compagni come a Madrid, Stankovic e Veron lo legano a un calorifero con la sciarpetta. E Mancini ci tiene, alla sua sciarpetta.
E Facchetti? San Pietro l'ha già prenotato come corazziere, quando arriverà qui.

Giacinto? Non so.
Un mio amico, un arcangelo bergamasco, l'ha visto abbracciato a un olmo dalle parti di Treviglio, che piangeva. "Riesco a sbolognare Vieri e mi torna Ronaldo! Adriano cosa farà? E Martins? Manca solo Ronaldinho, e poi dovremo affittare un pullman per portarli in discoteca!" E giù testate sulla corteccia.

Avvocato, intervenga. Presenti un'istanza, un ricorso, qualcosa. Il timore è che Ronaldo faccia come Rivaldo: venga a Milano a svernare. Diciamolo: l'uomo non è Figo.

È vero, non è figo, ma non è stupido. Secondo me sarà un ottimo allenatore della Primavera.

Come "allenatore della Primavera"? Quello vuole giocare in prima squadra!
Lei mi prende in giro, Severgnini. Ricorda il detto "Scherza coi fanti e lascia stare i santi"? Be', dopo una vita di paziente amore neroazzurro, io ci sono quasi. Quindi, sia serio. Abbiamo Adriano, Martins, Cruz, Recoba e potrebbe arrivare Henry. Cosa ce ne facciamo di Ronaldo?

Avvocato, ripeto. Moratti vuol riportarlo a Milano, e farlo giocare.
Gesù!

Cos'è, un'esclamazione?
No: l'ho proprio chiamato. Lui mi darà una mano.

E perché dovrebbe?
Ronie non gli va a genio, dice che s'è allargato. Quella pubblicità a Rio, al posto del Redentore di Corcovado. Sa com'è.

(Marzo 2006)

DOPO VILLARREAL[26]

Avvocato Prisco, ha visto cosa è successo?
Ancora lei! No, non ho visto. Mi dica, visto che ci tiene tanto. Cosa, chi, dove, come?

Cosa: siamo fuori dalla Champions. Chi: noi dell'Inter. Dove: a Villarreal. Come: giocando da schifo.
Si sbaglia.

Vorrei sbagliarmi, avvocato, ma temo sia vero.
Ripeto: si sbaglia. Ieri ho visto Bonolis che girava la sua pubblicità tra le nuvole. Lui è interista. Se fosse andata come dice, sarebbe stato triste. Invece era di ottimo umore, mi ha offerto un caffè e si divertiva a tirare i chicchi di grandine a Laurenti.

Sta dicendo che abbiamo sognato? Sarebbe bellissimo.
Questo no. Dico però che quella di Villarreal non era l'Inter. Erano undici, erano vestiti di neroazzurro, ma non era l'Inter. Dico: ma ha visto come giocavano? Le sembra che il numero 10 fosse Adriano? Era Gerry Scotti che si allenava per Canale5 contro Rete4. E quello che fingeva d'essere

---

[26] Villarreal-Inter, disputata il 4.4.2006. Risultato finale 1-0 (58' Arrubarrena). All'andata, disputata il 29.3.2006, Inter-Villarreal 2-1 (1' Forlán, 7' Adriano, 54' Martins).

Chino Recoba e camminava sul praticello? Ancora un po' e tirava fuori il cestino da picnic.

Mi faccia capire, Prisco. Lei sostiene che quella di Villareal non fosse l'Inter?
Mi sembra evidente. Erano sosia. Me l'ha detto anche sant'Isidoro.

Cosa c'entra sant'Isidoro?
Martedì 4 aprile era sant'Isidoro. Io chiedo sempre al santo del giorno di buttare un occhio sulla partita dei ragazzi.

Scusi, ha guardato in panchina? C'era Mancini.
Non era Mancini. Erano un angelo del Pollaiolo. Non vede com'era pettinato?

Be', un po' Pollaiolo è stato, il Mister, a Villarreal. Ma le assicuro che era lui.
Insisto. Era un angelo capitato lì per sbaglio e senza tesserino. Le sembra che un allenatore di calcio, nella partita più importante dell'anno, faccia giocare Figo reduce da un infortunio, e non Solari che è in palla? Che lo sostituisca con Mihajlovic? Che possa schierare Materazzi terzino sinistro? Che non faccia giocare Pizarro nel secondo tempo, per tenere palla a centrocampo? Che non metta Cristiano Zanetti, su Riquelme? Mi creda:

Mancini avrebbe fatto queste cose. Al Centro Tecnico del Pollaiolo, invece, non le insegnano.

Lei mi sta confondendo le idee. Mi sta dicendo che a Villarreal non c'era l'Inter, ma una squadra di sosia, allenata da un angelo del Pollaiolo. È pazzesco.
Certo: aveva dubbi? Amiamo una squadra di pazzi scatenati, non l'ha ancora capito? C'è anche l'inno: "Pazza Inter, amalaaaaaa....!". L'altro giorno ho costretto un coro di cherubini a cantarla. Erano bellissimi. Sembrano i figli di Moratti sulla spiaggia a Forte dei Marmi.

A proposito di Moratti, gli ha parlato?
Non ho il coraggio di chiamarlo. Povero Massimo: è al minimo. Pensavo di chiamare Giacinto, per sgridarlo. Perché non ha giocato lui, a Villarreal?

Guardi che Facchetti ha sessantatré anni.
E lei crede che avrebbe corso meno del sosia di Figo?

Avvocato, la smetta di parlare di sosia. Gli interisti devono imparare a guardare in faccia la realtà. Prenda la Juventus. È uscita, e lo accetta.[27]

[27] Juventus-Arsenal, disputata il 5.4.2006. Risultato finale 0-0. All'andata, disputata il 28.3.2006, Arsenal-Juventus 2-0 (40' Fabregas, 69' Henry).

Lo accetta?! Ma ha sentito Moggi? Ha sentito le urla? "Cosa ci fa quel signore in campo?", gridava. Era l'arbitro, e fischiava contro. Non è abituato. Le dico: urla pazzesche, pensavamo che fosse Mazzone che dava ancora fuori di matto. Si sentivano fino al settimo cielo.

E lei cosa ci faceva lì? Un interista, in questi giorni, non dev'essere al settimo cielo.
Ero andato a tirar giù Galliani. È talmente gasato che stava andando ancora più su, come una mongolfiera.

E ci credo, il Milan è passato per il rotto della cuffia. Inzaghi è bravo, ma anche fortunato.[28]
Il Milan? Diavolacci dell'accidenti, non li sopporto! Senta, Severgnini: se vuole farmi arrabbiare, ci sta riuscendo. Poi San Pietro mi mette in punizione, e mi costringe a guardare il ritorno della semifinale di Coppa Italia.

Allora Inzaghi non le piace?
No, che non mi piace! È un omino dispettoso! Un antipatico! E un sosia.

---

[28] Milan-Lione, disputata il 4.4.2006. Risultato finale 3-1 (25' Inzaghi, 31' Diarra, 88' Inzaghi, 93' Shevchenko). All'andata, disputata il 29.3.2006, Lione-Milan 0-0.

Pure lui?
Certo, è un sosia di Boninsegna. Opportunista, testardo e cattivo come il tossico. Bobo! Dove sei? Perché ci ha tradito pure tu?

(Voce tonante dall'alto:) L'INTERVISTA È TERMINATA. SIETE PREGATI DI LASCIARE LA SALA-STAMPA. L'AVVOCATO PRISCO, COME TUTTI I TIFOSI INTERISTI, HA BISOGNO DI UN PERIODO DI RIPOSO. COME QUELLO CHE S'È PRESO ADRIANO NEGLI ULTIMI MESI. A PROPOSITO: POTETE SVEGLIARLO? RUSSA TALMENTE FORTE CHE DISTURBA GLI ARCANGELI.

(Aprile 2006)

CALCIOPOLI!

Avvocato Prisco, ha sentito?
E come potevo non sentire, col casino che state facendo?

Moggi intercettato, Juventus allo sbando, retrocessioni in vista, campionati falsati, due scudetti da riassegnare!
Embè?

Come "Embè"? Vuol dire, tra l'altro, che se la Juve

venisse retrocessa e il Milan penalizzato, lo scudetto 2005/2006 potrebbe andare all'Inter!
Se lo tengano. Anzi, no: ce lo prendiamo, ma senza festeggiare.

Però lei è contento, avvocato, che l'Inter sia fuori da questa storiaccia.
Se fosse dentro, coi risultati che abbiamo avuto, ci sarebbe da spararsi. Scherzi a parte: se Massimo avesse fatto una boiata del genere, venivo giù e gli tiravo gli alluci tutta la notte. Poi lui dava la colpa a Milly.

E Facchetti?
Giacinto? In tutta la vita non ha detto tante parole quante Moggi al telefono in un giorno! A proposito: com'è che lo chiamava?

"Brindellone".
È italiano? Ai miei tempi non si diceva. E sì che negli stadi di parolacce ne ho sentite.

Non è italiano, è moggese. Una nuova lingua che dovreste studiare, così ci aiutate a capire cosa cavolo è successo quaggiù.
Ma cosa vuole sia successo? Qualcuno, a un certo punto, ha pensato di essere onnipotente. E quando accade, il Capo, quassù, si irrita. Non ama la

concorrenza. Qui non comanda la Triade, ma la Trinità, ed è formata da gente per bene.

Lei s'aspettava una cosa del genere?
Vuole la verità? Me l'aspettavo e me l'auguravo. Se lo ricorda quando dicevo che, dopo aver stretto la mano a uno juventino, mi contavo le dita? Non era una battuta. Ma adesso che è successo sono furioso. Avevamo una cosa bella, il calcio, e ce l'hanno rovinata, porca Eva. Ops. Scusi, signora.

Come mai lo scandalo non è venuto fuori prima?
Bella domanda, fatta da un giornalista. Quando arrivate qui, voialtri, facciamo i conti.

Secondo lei, chi se la passa peggio?
Parla di giustizia sportiva, di giustizia ordinaria o di giustizia e basta – che è poi quella che preferiamo quassù?

Giustizia e basta.
Be', guardi. De Santis è messo male perché qui lo consideravano quasi un collega. Mazzini se lo sogna che gli intitoliamo le piazze come al suo omonimo. Milan, Fiorentina e Lazio sono attese in purgatorio insieme a Carraro. A quel diavoletto di Pairetto, invece, hanno già assegnato il giraudo – scusi, il girone – infernale. Solo Moggi potrebbe cavarsela.

Moggi?!
Certo. Chi se lo piglia, quello? Arriva, chiude Belzebù nel suo stanzino, butta la chiave, e comanda lui. G.E.A., Gestione Esuberi dall'Aldilà. Ci manca solo questa.

(Maggio 2006)

CAMPIONI D'INVERNO

Avvocato Prisco, buon anno! Come andiamo?
Che razza di domande fa? Andiamo bene. Benissimo. Undici vittorie di fila, campioni d'inverno, Milan giù, Juve altrove. A Capodanno ho stappato una bottiglia così grossa che qui hanno pensato a un'eruzione del Vesuvio.

Conosce i nuovi acquisti neroazzurri?
Alcuni. Un giorno Vieira, staccando di testa, ha bucato una nuvola e me lo sono trovato davanti. Abbiamo scambiato due chiacchiere. Ragazzo simpatico.

Confessi: lei pensa sempre all'Inter.
Anche al Milan, di questi tempi.

Andrà avanti così per l'eternità?
Be', queste decisioni spettano al Capo. Ma è

comprensivo: dice che ogni anima ha un lato infantile, e ci lascia seguire le partite.

Come fate da lassù?
Secondo lei, SKY cosa vuol dire? In cielo abbiamo il "pacchetto calcio universale", ed è pure gratuito per chi si comporta bene. Per le anime juventine, quest'anno, è a pagamento.

Con chi guarda le partite?
Con Facchetti, che mi tiene calmo. È sempre un gran signore, Giacinto. Io invece rischio ogni volta la doppia ammonizione e due giornate in purgatorio. Ad esempio: perché hanno buttato fuori il magico Ibra contro la Lazio?

Cosa le è piaciuto, dell'anno appena concluso?
Tutto! Dal Mondiale – vinto grazie a due dei nostri, Materazzi e Grosso – è stata tutta una beatitudine. Ma l'ha vista, l'Inter, quest'anno? Sono proprio felice. Cinguetto così bene che san Francesco mi ha scambiato per un passerotto.

Cosa non le è piaciuto, invece?
Ovviamente, gli imbrogli nel calcio: ma ne abbiamo già parlato. Tutte le mie battutacce e i miei sarcasmi si sono rivelati veri. Dovrebbero pagarmi il diritto d'autore.

Poi?
L'esecuzione di Saddam. Non potevate tenervelo giù ancora un po', quello lì?

Nel calcio, intendo.
Non mi piacciono gli stadi vuoti. Butto un occhio, la domenica pomeriggio, e non vedo nessuno. Poi osservo meglio e vedo dei tipi che corrono, e quattro gatti sugli spalti. Che tristezza.

Gli arbitri?
Alcuni hanno già un posticino prenotato dove dico io: fa caldo, e il diavolo non è milanista, ma dovranno farci l'abitudine. Però vedo un po' di facce nuove: speriamo in bene.

Matarrese?
Un soffio di aria fresca, una ventata di novità. Ah ah. Visto come siamo spiritosi, da queste parti?

Meglio Materazzi o Matarrese?
Scusi, Severgnini: lei beve, prima di farmi queste interviste? Non hanno nulla in comune, quei due! Uno stacca, l'altro riattacca. Uno segna in rovesciata, l'altro rovescia i termini della questione. La Lega non deve fare le regole, deve rispettarle!

Insomma, Materazzi le piace.
Certo che mi piace: è così grazioso, con quel tricolore sul petto. L'altro giorno ho proposto: "Santo subito!". Ma il Capo ha notato i tatuaggi e non si fida.

Devo salutarla.
Era ora.

Prima però le rifaccio la domanda iniziale. Come vede questo 2007, per la nostra Inter e per il calcio italiano?
Il 2007? Non lo vedo, lo aspetto. Abbiamo la possibilità di accedere a un Televideo Speciale che dà i risultati delle partite fino alla stagione 2026/2027. Ma che gusto c'è a sapere come va a finire? Mica sono juventino, io.

(Gennaio 2007)

GRAN FINALE!

Avvocato Prisco?
SAN PIETRO: Non c'è.

Come "non c'è"? Credevo fosse qui a festeggiare il quindicesimo scudetto!

San Pietro: Festeggiare? Ma se è di pessimo umore…

Scusi, e perché?
San Pietro: Dice che adesso è troppo facile prendere in giro i milanisti, non si diverte più.

E allora?
San Pietro: Allora è andato giù nei bassifondi a trovarli: milanisti e juventini. Senza di loro, si sente solo. Pensi che ha portato anche un regalo.

Cosa, se non sono indiscreto?
San Pietro: Agli juventini, le trascrizioni dell'esame di coscienza di Moggi. Ci sono volute quattro schiere di angeli per aviotrasportarle, ma alla fine ce l'hanno fatta.

E ai milanisti cos'ha portato?
San Pietro: Una copia dell'aureola del Capo. Dice che Galliani starà benissimo: lo scambieranno per il pianeta Saturno.

(Aprile 2007)

7
POSTA DEL CUORE (E DELLA TESTA)

"Come la pioggia penetra in una casa
dal tetto sconnesso,
così la passione penetra nella mente
non ben esercitata."

Dhammapada (sentenze buddhiste)

UN CAMPIONATO SVALUTATO?

Ciao Beppe,
capisco che un'annata come questa che sta vivendo l'Inter può far perdere l'obiettività a chiunque. E, come vedo, tu non sei un'eccezione. È vero, è un'annata eccezionale Ma quando ne indichi i motivi dimentichi:
1) Juve in serie B e privata di alcuni suoi campioni assoluti (Vieira e Ibra cosa ti dicono?), prontamente acquistati da Moratti.
2) Milan a -8 e senza acquisti di rilievo. In estate davano Ibra al Milan ma poi il Berlusca ha preferito concedersi un anno sabbatico e non occuparsi della squadra.
3) Mancanza di avversari. O forse si devono considerare come degni rivali la Roma (senza soldi e ricambi) o il

Palermo? Tutto questo solo ai fini della chiarezza. Comunque complimenti. Vedremo il prossimo anno se sarà tutto oro quel che ora luccica!

Andrea Cardini

Ascolta, faziosissimo Andrea. Ogni anno, in Italia, c'è una squadra più forte delle altre. Cercare di svalutare la stagione formidabile dell'Inter solo perché la Juve è in B (dove perde col Brescia!) e il Milan in estate non ha fatto grandi acquisti (o li ha sbagliati?), mi sembra sleale. Ma sono certo che questa sarà la musica che sentiremo. Sì, anche dopo il gran derby di ritorno[29] ("La capolista contro una squadra di media classifica! Come volevate che finisse?").

La prossima stagione? Altra storia, si parte da capo. Dipenderà da molte cose. Dai soldi, ovviamente. E poi da arrivi e partenze, dagli allenatori, dall'ambiente, da un'ispirazione, da due campioni, dal caso. Speriamo non dipenda anche dai traffici dietro le quinte, com'è accaduto per troppi anni.

---

[29] Inter-Milan, disputata l'11.3.2007. Risultato finale 2-1 (40' Ronaldo, 55' Cruz, 75' Ibrahimovic).

SERATE STORTE COL BOTTO

Caro Severgnini,
ma perché l'Inter quando incappa in una serata storta deve farlo col botto? State vivendo una stagione trionfale in campionato, macinando record su record. Siete stati eliminati dalla Champions League?[30] Pazienza. Perché la cosa deve finire in rissa? Non capite che, così facendo, date il fianco a chi sostiene che in Italia vincete perché vi hanno tolto di mezzo gli avversari più pericolosi? Non capite che, in questo modo, ci sarà sempre chi ricorderà la stagione 2006/2007 non per lo scudetto vinto ma per la rissa di Valencia? Ricordatevi che gli italiani perdonano tutto, ma non il successo. Adesso anche voi diventerete "antipatici", e vi accorgerete presto cosa vuol dire vedere gli "altri" godere di ogni vostro passo falso. Ve lo dice uno juventino.

Emilio Bufalino

---

[30] Valencia-Inter, disputata il 6.3.2007. Risultato finale 0-0. All'andata, disputata il 21.2.2007, Inter-Valencia 2-2 (29' Cambiasso, 64' Villa, 76' Maicon, 86' Silva).

Essere vincenti e antipatici (a voi) ci va benissimo, caro Bufalino. In quanto alla risposta, va divisa: da una parte, la partita (anzi, le due partite); dall'altra, la rissa finale. Come dire: calcio (mediocre) e calci (brutti).

Cominciamo dal calcio, quello col pallone. Direi che l'Inter non è stata tragica come a Villarreal nel 2006, ma – purtroppo – non s'è mostrata all'altezza delle aspettative: in una stagione può capitare. A San Siro ha giocato bene: ma gli spagnoli hanno imbroccato due tiri. In casa il Valencia – buona squadra, rapida e rognosetta – ha raddoppiato e triplicato, corso e scalciato. Incitata dal pubblico, ha cercato di innervosire i neroazzurri (come abbiamo visto, c'è riuscita). Aggiungiamo due assenze importanti, Ibra per una sera umano, Cruz stranamente svagato: e la frittata è servita.

Veniamo alla rissa finale. Sono meno tenero di Moratti: dei professionisti, anche se provocati, non devono reagire in quel modo. La caccia al coniglio (Navarro) è stata un brutto spettacolo, è inutile girarci intorno. È chiaro che in campo tirava una pessima aria: si è capito quando Cañizares, spiritato, è andato a urlare sotto il naso di Ibra (ma cosa gli danno da mangiare, a quello?). È stata la sagra dell'insulto ispanofono: una sorta di derby Spagna-Argentina, in cui tutti capivano tutti perfettamente. No: non mi sono divertito. Meglio il derby, cinque giorni dopo!

MA PERCHÉ CE L'HANNO CON L'INTER?

Caro Beppe, ma ce l'hanno tutti con l'Inter? Ora, è vero che in passato qualche critica era anche giusta, ma quest'anno non vedo proprio cosa si possa rimproverare ad una corazzata che è saldamente in testa al campionato, è in finale di Coppa Italia, non perde da mesi, pareggia raramente. C'è stata l'eliminazione in Champions, d'accordo: ma può accadere, soprattutto se la fortuna gira da un'altra parte e se l'avversaria gioca un buon catenaccio e con tre tiri in porta in due partite fa due gol. Scrivere e dire adesso che il campionato italiano non ha valore è profondamente sbagliato. E del derby: vogliamo parlarne? Sei sorpreso?

Tiziano De Martino

Sorpreso? E perché? C'erano 30 punti, tra le due squadre; ora sono 33. Non è che un gol nei supplementari ai Celtic cambi tutto questo. È stato comunque un bel derby, combattuto e leale, pieno di giocate. Grande Ibra, commovente Cruz: bisogna scendere in piazza perché giochi titolare, o basta firmare una petizione? Tra i cugini, mi ha colpito Maldini: ma dove le trova le energie? (P.S. Chi era, invece, quel bimbo buffo che ha fatto quel bel tiro, alla fine del primo tempo? Sembrava simpatico: perché prima non s'è visto, e poi è sparito senza avvertire nessuno?).

IL RITORNO DEL CONIGLIO MANNARO

Caro Beppe,
sono un ragazzo interista di 21 anni. Nel 2003 in seguito alla pubblicazione del suo libro *Altri interismi* le avevo scritto alcune contestazioni riguardo il capitolo "Ronaldeide" dove lei manifestava una certa antipatia/delusione verso il Ronaldo campione del mondo che andava a Madrid. Io ero talmente innamorato di Ronaldo (avevo 12 anni quando è arrivato, 17 quando è andato via, per me il calcio aveva il suo volto) che lo giustificavo. Lo capi-

vo. Dicevo che l'Inter per lui rappresentava solo brutti ricordi: se andava via non c'era niente di male. Ebbene, mi rimangio tutto. Aveva ragione lei, Beppe. Alcune frasi che lei scrisse all'epoca sono di estrema attualità: "Vada a dire ai madridisti che li adora [...], fino alla prossima buona offerta, naturalmente". Cosa altro dobbiamo aspettarci da lui? Che chieda scusa a Iuliano dicendo di aver simulato?

Stefano Giuliani

L'imitazione è una forma d'ammirazione, d'accordo. Ma mi domando se il Milan non stia esagerando. Ronaldo rossonero è pura adulazione: l'avete avuto voi, lo vogliamo anche noi! D'accordo, cuginetti: è vostro. Ma il Coniglio Mannaro ha dieci anni e altrettanti chili in più. Sicuri che sia una buona idea?

Sia chiaro: pur di non averlo tra i piedi – mentre la Beneamata funziona come un orologio svizzero e avanza come un motore tedesco – noi interisti siamo disposti a tutto. Il sentimentale Moratti, amareggiato, dice: ma perché proprio a Milano? Risposta: perché a Ronie piace la città, e qui ci sono due squadre. Se la prima non lo rivuole, è normale che ci provi con la seconda.

È facile capire il ragionamento di Galliani & C. Il giocatore è un fuoriclasse, uno così nasce ogni dieci anni (vero); non è giovane, ma non è ancora vecchio (corretto); ai Mondiali ha dimostrato di ricordare come si gioca a palla (indiscutibile); e se c'è una squadra al mondo dove potrebbe – dovrebbe! – trovare motivazioni, questa è il Milan (ovvio, anche questo).

Se si aggiunge il prezzo di saldo al Real Supermercato, ecco spiegato l'accordo: immemore d'aver fallito con Vieri, e incurante dell'assonanza con Rivaldo, il Milan è andato a prendersi Ronaldo. Se l'acquisto si rivelerà un affare, lo vedremo. Di sicuro, come dicevo, Ronie rossonero rappresenta l'ultimo tassello di un mosaico. L'interizzazione del Milan è completa.

È un fenomeno affascinante, una mimesi cittadina che non si vedeva da tempo: tutte le cose di cui ci accusavano, le stanno facendo loro. I rossoneri comprano a caro prezzo presenze misteriose (ha fatto più gol il difensore interista Burdisso in due partite che la punta milanista Oliveira in una stagione). Litigano in campo (Inzaghi sostituito e immusonito). Si lamentano dei media (dimenticando che ne possiedono metà). Perdono con l'Arezzo, ma "vedono la squadra in crescita". Accusano gli arbitri. Prendono pali e traverse. Si convincono – come ha scritto Vanni B., un lettore (milanista) – "d'essere vittime di una maledizione cosmica e leopardiana".

Dove si fermerà, questa forma di adulazione? Berlusconi sposerà la Carlucci, pur di avere in casa una Milly anche lui?

CALCIO VECCHIO E CALCIO NUOVO

Caro Beppe,
qualcuno dice che il problema del calcio italiano è che c'è troppo business. Io dico che di business ce n'è troppo poco. E quello che c'è è spesso più simile a un business camorristico. Scusa le parole forti, ma per intenderci. Le leggi del business a me sembrano migliori di quelle dei favori, dei biglietti gratis all'onorevole, delle sponsorizzazioni fasulle, delle fatturazioni false. Al calcio italiano servono imprenditori. Imprenditori dello show biz. Imprenditori veri, non ripianatori di debiti. Cosa ne pensi?

Michele Costantini

Penso questo, caro Michele: esiste un calcio vecchio e un calcio nuovo. E bisogna scegliere (come hai fatto tu). Rimandare, non si può più.

Cos'è il calcio vecchio? Un calcio di stadi cadenti e passioni estreme, di gesti esagerati e di spalti inadeguati, di bande molto unite e servizi poco igienici. Uno spogliatoio dei sentimenti dove il parcheggio è complicato, l'accesso laborioso, le salite faticose, le partenze difficili: c'è sempre un'auto col lampeggiante che blocca il traffico per consentire al potente di turno (biglietto gratis, per lui e famiglia) d'allontanarsi in fretta.

Cos'è il calcio nuovo? Un calcio di stadi puliti e passioni controllate, di gesti contenuti (pena espulsione), di gruppi colorati e servizi impeccabili. Una palestra civica dove il parcheggio è facile, l'accesso semplice, il deflusso rapido. In Italia ci saranno sempre le auto col lampeggiante del potente di turno. Ma diventano meno numerose, perché i posti andranno a ruba e le pavide società troveranno il coraggio di dire: onorevole, si compri il biglietto.

Il calcio vecchio è invecchiato male. Da romantico e spontaneo qual era, s'è fatto insidioso e vigliacco. Il bel prodotto d'un tempo è diventato rancido: l'entusiasmo è diventato esaltazione; la passione per la propria squadra, odio per un'altra; la rivalità, rissa; l'hobby del tifo, il lucro di alcuni tifosi. Non avevamo bisogno dell'ultima tragedia,[31] per capirlo.

E poi: gli stadi sono inadeguati. Avevamo un'occasione, i Mondiali di Italia '90: e l'abbiamo buttata via, tra sprechi, ruberie e megalomanie. Ci ritroviamo oggi con strutture fatiscenti che i comuni dovrebbero regalare alle società (sperando che li vogliano). La vicenda del custode al Massimino di Catania, tatuato come un ultrà, che lancia i cani contro la polizia, è la fotografia perfetta di un disastro: lo stadio come luogo gotico, perduto, irrecuperabile.

In Inghilterra – spesso citata in questi giorni – è già accaduto tutto. Il passaggio al calcio nuovo non è stato provocato solo dagli eccessi degli hooligan, ma anche dalla fatiscenza delle strutture. Nel 1985 s'è incendiato lo stadio di Bradford (52 morti), nel 1989 è crollato quello di Sheffield (95 morti). Ricordo la semifinale di Coppa Campioni '85 ad Anfield, Liverpool, il luogo più romantico del calcio mondiale. Sul Kop – la tribuna costruita nel 1906, prende il nome da un'altura, teatro di una battaglia nella Seconda Guerra Boera – stavano 24.000 persone in piedi, così schiacciate da impedire qualsiasi spo-

---

[31] La morte dell'ispettore capo di Polizia Filippo Raciti, ucciso a Catania durante gli scontri in occasione della partita di campionato Catania-Palermo (2 febbraio 2007).

stamento. Il bagno era irraggiungibile. I "Koppites" dicevano: falla lì *"and pack it up in the Liverpool Echo"* (e impacchettala nel giornale locale). Ebbene. Nel 1996 il mitico Kop è diventato *all-seater*: 10.000 persone, tutte sedute, e bagni in fondo alle scale.

Qual è il problema, in Italia? Che il calcio nuovo non è ancora nato, e il calcio vecchio – che non vuol morire – rantola e si ribella. "Porte aperte" o "porte chiuse" fino all'estate? È un dettaglio. L'importante è decidere dove vogliamo andare. La mia sensazione è che i violenti – quelli che amano giocare alla guerra, e usano la partita come pretesto – sembrano tanti perché gridano. Moltissimi dei cosiddetti "ultrà" sono solo innamorati del calcio e di una squadra, e hanno capito: il calcio vecchio è finito.

A questo punto la domanda, per tutti, diventa: vogliamo un calcio nuovo? O preferiamo ucciderlo in fasce, e non pensarci più?

E NOI ULTRÀ BUONI?

```
Caro Beppe,
le scrivo questa mail perché continuo
a leggere il termine "ultrà" collega-
to all'assassinio di Filippo Raciti.
Ci terrei a precisare che la persona
```

che ha ucciso il poliziotto non è un ultrà, ma un teppista (vandalo e assassino sono due altri vocaboli adeguati). Le persone che a Roma hanno fischiato durante il minuto di silenzio non sono ultrà ma gente senza cervello. Spero che in futuro il nome ultrà non venga associato, come spesso accade, ad atti vandalici, pestaggi e tutto il resto, che non ha niente a che fare con lo sport.

Axel Dörig

È vero, Axel. Dopo la tragedia di Catania s'è creata una grande confusione terminologica. Il vocabolo "ultrà" è stato usato per definire sia i violenti da stadio, sia i tifosi appassionati e le loro comunità. Sbagliato? Certo. Ma la colpa va divisa. I media possono esser stati superficiali, ma voi – tifosi appassionati e pacifici – non ci avete aiutato. Occorreva rompere coi teppisti, pubblicamente e clamorosamente, con parole e promesse (basta fumogeni, petardi, sassi, striscioni razzisti, insulti alla polizia, danni ai treni ecc.). A te sembra sia accaduto? A me, no.

Penso sia doveroso aggiungere qualcosa sulle tribune degli stadi, passate quasi sotto silenzio. Non sono popolate soltanto da sportivi appassionati: sono frequentate anche da brutti ceffi, che ricorrono all'intimidazione (ho visto gente prendersela coi BAMBINI che tifavano per l'altra squadra!). Sono luoghi omertosi: mai dimenticare quello che è successo nel 2004 nella Tribuna Monte Mario dell'Olimpico, dove NESSUNO ammette d'aver visto un signore alzarsi e centrare l'arbitro Frisk con un oggetto.[32] La tribune sono, infine, il regno della ruffianeria e del favore (se tutti quelli col biglietto gratis fossero fosforescenti, illumineremmo gli stadi).

Per riassumere: una bonifica è necessaria. Tribune, distinti, curve; bagni e luoghi di ristoro; ingressi e accessi. Domanda: tu la vedi in giro la volontà di far questo? Le società hanno i muscoli e il fegato per cambiare decenni di cattive abitudini, diventate ormai patologiche? Se la tua risposta è uno squillante sì!, complimenti. Vinci il Premio Sognatore del Secolo, e una T-shirt con sopra scritto: "Svegliatemi!".

---

[32] Roma-Dinamo Kiev, disputata il 15.9.2004. Alla fine del primo tempo, l'arbitro svedese Anders Frisk viene colpito da un oggetto e la partita viene sospesa. La Roma perderà 3-0 a tavolino e sarà condannata a due turni a porte chiuse.

NON SI SENTE LA VOCE
DEI CALCIATORI

Caro Beppe,
la mia domanda è semplice. Perché pochissimi giocatori di serie A si sono fatti sentire dopo i fatti di Catania? Ma si rendono conto di quello che è successo? Io sono un designer di 28 anni e ritengo di fare uno dei mestieri più creativi e più belli. Ma se succede qualche cosa nel mio campo, qualche cosa che colpisce in maniera profonda il mio lavoro o la mia vita prendo una posizione netta: proprio perché è il mio mestiere e ci credo! E loro?

Francesco Aiazzi

Quello dei calciatori non è stato il silenzio degli innocenti: qualche responsabilità, e qualche dovere, ce l'hanno pure loro, di fronte alla follia domenicale, che a Catania è diventata tragedia. Vaghe condanne impacciate e soliti auspici buonisti non bastano a giustificare la latitanza di una categoria.

Perché hanno taciuto, i giocatori? Alcuni, per ignoranza: vivono prigionieri della loro figurina, e non hanno capito la novità della situazione. Molti sono rimasti zitti per paura. Condannando la violenza di alcuni ultrà, temevano di mettersi contro le curve. Errore, doppio. Perché, in questo modo, hanno deluso la maggioranza dei tifosi (che la pensano come te e come me). E perché non hanno capito che i rissosi sono pochi, negli stadi. E verranno emarginati dai tifosi veri, appena questi si accorgono che gli eccessi di una minoranza stanno rovinando il divertimento di tutti.

LA FAVOLA DEL PARCO

Gentile Beppe Severgnini,
a nome mio e di mio padre, che per oltre 40 anni ha servito lo Stato come commissario di Polizia, intendo esprimerLe i miei apprezzamenti, dopo aver letto e ascoltato il suo Decalogo contro la violenza negli stadi.[33] In particolare abbiamo apprezzato l'ultimo dei punti da Lei descritti, allorché invita certi pseudo-intellettuali che esaltano l'odio calcistico a trascorrere una domenica in un cellulare assediati da un branco di delinquenti. Ho frequentato in gioventù le curve; è ve-

---

[33] Vedi l'Appendice alla fine di questo capitolo.

ro, spesso e volentieri non circolano persone da considerare come esempio di virtù. Ma sicuramente allora non si respirava il clima di odio verso il sistema, che oggi può essere purtroppo la spiegazione dei tragici fatti di Catania. La ringraziamo ancora per l'intervento che ha scritto.

Domenico e Luigi Impagnatiello

Grazie, cari Impagnatiello. Sono arrivate centinaia di email dopo quell'intervento (scritto per Corriere.it, riassunto a Sky Tg24, allargato e sistemato per il "Corriere della Sera"). Mi sono beccato la mia dose d'insulti, ho ricevuto parecchie critiche, ma ho letto molti commenti sensati (tra i più graditi, il vostro).
Quello che dovevo dire, l'ho detto – magari in modo paradossale, ma era un modo per farmi ascoltare. Non vorrei farla lunga, perciò. Mi sembra che il problema si possa riassumere con questa favola.
Esiste un parco in cui alcuni bambini amano giocare alla guerra: si dividono per bande (le Bestie, le Vipere, gli Sciacalli, i Pitbull) e poi si picchiano, s'inseguono, si danno bastonate, sputano ai vigili quando accorrono per dividerli. Un

divertimento diverso non lo concepiscono nemmeno. Quel gioco violento è diventato la loro ragione di vita.

Nello stesso parco si ritrovano altri bambini, più tranquilli. Anche loro vogliono divertirsi, anche loro amano dividersi in bande (i neri, gli azzurri, i rossi, i gialli ecc.). Ma non si picchiano, non s'insultano, non imbrogliano, non si sputano addosso: vogliono solo vedere chi è più bravo.

Qual è il problema? Che il parco è uno, e i giochi violenti impediscono i giochi normali. Che si fa? Semplice. Arriva una baby-sitter robusta e annuncia: decide la maggioranza! Si mette a contare: e scopre che i violenti sembrano tanti perché gridano; ma i bambini tranquilli sono almeno venti volte più numerosi (e si stanno arrabbiando). Saranno loro a decidere come si gioca in quel parco.

Come dire: *game over*, per i violenti. Il vostro divertimento non è compatibile col nostro.

I QUATTRO LIVELLI DEL TIFO

```
Caro Beppe,
ho 38 anni, di cui almeno trenta
passati da interista: il che, come
```

sai, non è stata una cosa sempre facile. Un aspetto che avevo sempre apprezzato nella società neroazzurra era questo: a fronte di errori più o meno clamorosi, aveva sempre mantenuto una certa dignità e correttezza, caratteristiche tutte morattiane. Oggi però leggo che Moratti ha detto che non ringrazierà la Lazio, perché quanto ci ha dato domenica (battendo la Roma) è meno di quanto ci tolse nel 2002 (uno scudetto che avevamo in mano). Ora si potrà parlare quanto vogliamo di Calciopoli, ma quando la Lazio batté l'Inter 4-2, in campo c'erano undici giocatori che facevano il loro mestiere (cercare di vincere una partita) e altri undici che avrebbero DOVUTO farlo (cioè, non perderla). Perché Moratti ha detto quello che ha detto? Forse è vero che a vincere si diventa antipatici.

Marco Dominici

Caro Marco, quello di Moratti mi sembra un paradosso: ne facciamo tutti, quando parliamo di pallone. Quando finisce su un giornale tra virgolette, però, il paradosso si trasforma in una dichiarazione, la dichiarazione diventa un caso, il caso sfocia in un litigio, il litigio si tramuta in un'occasione di sospetti.

Sono affascinato da questa semantica del calcio (scusa la parolaccia: considerala l'equivalente verbale di un'entrata in scivolata). Esistono quattro livelli del tifo che si mescolano, creando equivoci e confusione. Proviamo a esaminarli.

Il primo livello è, appunto, paradossale. Un interista può anche buttar lì una battuta sulla Juve in B o sul Milan in A2 (a proposito: ci sentite, laggiù?). Ma non vuol dir nulla. Il calcio è lo sport nazionale anche perché consente un inoffensivo tutti-contro-tutti. Il momento peggiore per l'Inter è stato quando, tre anni fa, i milanisti hanno smesso di prenderci in giro; e sarebbe crudele se oggi noi li trattassimo con compassione. Quante storie: l'interista medio è godutissimo quando il Milan inciampa e s'incasina; e viceversa. Peppino Prisco, non il Re Salomone, è il nostro eroe.

Il secondo livello è più serio (quanto può esserlo il calcio). Un interista che non ammirasse in cuor suo Gilardino per quei due gol a Firenze[34] sarebbe un incompetente. Così un milani-

[34] Fiorentina-Milan, disputata il 17.12.2006. Risultato finale 2-2 (4' Gilardino, 20' Mutu [rig.], 76' Mutu, 90' Gilardino).

sta che non applaudisse Materazzi per la pazzesca rovesciata contro il Messina sarebbe sleale.[35]

Il terzo livello è quello della correttezza politica, ed è affollato di giornalisti. Quanti colleghi ho sentito dire cose tremende (e vere) a telecamere e computer spenti, e poi sussurrare buonismi in TV e sui giornali! Talvolta è peggio: la correttezza politica non è dovuta al desiderio di mostrarsi imparziali, ma al timore di inimicarsi il potente di turno. Che c'è sempre, e si agita come un gatto in un lavello. Dietro ogni trasmissione televisiva e ogni giornale c'è un sacco di gente importante (?) che spinge, sgomita, lusinga e minaccia. E non tutti i colleghi sono capaci di dire: andate a farvi un giro, che è meglio.

Il quarto livello è il più pericoloso: è infatti quello dell'avversione, che può diventare aggressività. Chi s'accorge di odiare davvero un'altra squadra ha un problema: si faccia curare. Oltretutto, quest'odio è roba da poveracci: dovreste vedere come sorridono e tubano, i dirigenti di colori diversi, quando s'incontrano in privato (lo stesso accade in politica, nello spettacolo, nella finanza, nell'industria).

Insomma: tifo sì, ma usiamo misura e ironia. Qualcuno mi spieghi, per esempio, per-

---

[35] Vedi nota 3 a p. 23.

ché il Milan non è risalito in classifica. Temo sia uno snobismo: l'ha fatto apposta per mantenere le distanze da noi. Ma non esageri, la prossima stagione. Non è che TUTTI gli anni vogliamo un rivale in serie B. Altrimenti, come facciamo a divertirci?

APPENDICE

(anche il cuore e la testa ne hanno una)

DIECI MODESTE PROPOSTE

Dieci modeste proposte dopo l'indecente – ma prevedibile – spettacolo offerto quest'anno dal calcio italiano (a Catania, ma non solo).[36] Le scrivo sapendo che somigliano alle vostre, se amate il pallone: ci troverete solo un po' di buon senso (spero), e parecchia malinconia. Qualcuno, nell'olimpo sportivo, saprà accoglierne almeno una? Ne dubito. Se escludiamo il commissario Pancalli, i reggitori del calcio italiano pensano di sapere tutto, ma sono come i pesci: vedono il mondo da dentro l'acquario.

1. Togliere la polizia e i carabinieri dagli stadi. Ci pensino le società di calcio, a garantire la sicurezza. Le forze dell'ordine hanno di meglio da fare.

---

[36] Vedi nota 31 a p. 125.

2. Abolire treni speciali, colonne blindate verso le partite ecc. Provate a salire su un Intercity Milano-Roma, un giorno qualunque: insultate il personale, spaccate i vetri, sputate al vicino e urinate sui sedili. Vedrete cosa vi succede.

3. Chiedere a presidenti, dirigenti, allenatori e calciatori una presa di posizione netta contro i violenti e le intimidazioni. Silenzio, omissioni e divagazioni saranno considerati complicità.

4. Punire con una multa di 30.000 (trentamila) euro i personaggi che si lamentano perché gli stadi si svuotano. Chi dà la colpa alla tv dovrà pagare una sovratassa del 20%. Chi sostiene che "la violenza è colpa del malessere profondo nella società" dovrà spiegare perché, allora, noi italiani ci divertiamo insieme ai concerti, sulle spiagge e nelle "notti bianche", e ci rispettiamo durante le manifestazioni politiche. Se non saprà rispondere, oltre alla multa, verrà costretto al silenzio fino al 2 febbraio 2012 (quinto anniversario della Vergogna di Catania).

4bis. Le squadre del Catania e del Palermo s'impegnano a versare un milione di euro ciascuna ai figli dell'ispettore Filippo Raciti. Le due società non ne hanno bisogno; i due ragazzi, sì. Le somme potranno essere inserite in bilancio alla voce "spese di rappresentanza".

5. Ricordare che gli amanti del calcio sono milioni, e i violenti che amano giocare alla guerra sono poche migliaia. Certo, per alcuni di loro il tifo è ormai un lavoro (ben remunerato). Cosa possono fare, in futuro? Be', dedicarsi ad altro (canto, scacchi, lettura di classici orientali).

6. Chiudere automaticamente un programma televisivo appena gli schiamazzi superano un certo livello, e le genuflessioni verso gli ospiti (allenatori reticenti, calciatori ipocriti, ex dirigenti squalificati) superano il numero di 3 (tre) al minuto.

7. Gli stadi verranno ceduti dai comuni alle società a condizione di favore. Le società, con l'aiuto del Coni, si impegnano a rinnovarli, rendendoli luoghi piacevoli, puliti e sicuri. I calciatori contribuiranno finanziariamente a quest'operazione di rinnovamento del calcio italiano. Si venderanno alcune Porsche Cayenne in meno, ma l'industria automobilistica tedesca se ne farà una ragione.

8. I reati dentro e fuori gli stadi verranno perseguiti, giudicati e puniti secondo il codice penale.

Basta insulti, e lancio di oggetti. Basta striscioni volgari e minacciosi. Basta simboli razzisti. Il telecronista che definirà "bella coreografia" il lancio di razzi e fumogeni verrà imbarcato su un peschereccio d'altura per due settimane.

9. Gli esagitati negli stadi verranno identificati (siamo nell'era di Google Earth; e ci sono sempre i buoni, vecchi teleobiettivi). Punizione: non più il ridicolo (e aggirabile) divieto d'andare alla partita, ma lavori socialmente utili (assistenza ai disabili, cancellazione di scritte sui muri ecc.).

10. Tutti i giornalisti, gli scrittori e gli intellettuali che per anni hanno descritto le "guerre tra tifosi" come un fenomeno vitale, un'affascinante allegoria bellica, s'impegnano a passare una domenica dentro un cellulare della polizia, insieme a dieci ragazzi spaventati in divisa, e ci racconteranno le loro eccitanti esperienze.

Lieto fine di un romanzo neroazzurro

L'attesa attenua le passioni mediocri e aumenta le grandi.

Anticipation always lessens common passions and heightens great ones.

La espera atenúa las pasiones mediocres y aumenta las grandes.

A expectativa diminui sempre as paixões comuns e eleva as grandes.

Η αναμονή εζασθενίζει τα μέτρια πάθη και δυναμῶνει τα μεγάλα.

Warten lässt matte Leidenschaften verkümmern und starke wachsen.

Bacio Perugina acquistato nel bar dell'Università di Pavia il 7 maggio 2002.

Indice dei nomi

I nomi delle squadre sono in corsivo

Abidal, Eric 84
Adani, Daniele 41
Adriano (Leite Ribeiro Adriano) 12, 19, 36-38, 41, 43, 61, 70, 73, 99-101, 105
Ajax 17, 67
Ancelotti, Carlo 19
Arezzo 124
Arrubarrena, Rodolfo 101
Arsenal 41, 45, 47, 52, 67, 103
Ashvetia, Mikhail 55
Atletico Madrid 57

Baggio, Roberto 45, 70
Battiato, Franco 63
Bearzot, Enzo 19
Bedin, Gianfranco 52
Berlusconi, Silvio 115, 123
Bettega, Roberto 67
Benfica 69
Biscardi, Aldo 80
Boca Juniors 61
Boninsegna, Roberto 38, 52, 105
Bonolis, Paolo 101

Boston Red Sox 44, 73
Brescia 45, 63, 70, 118
Buffon, Gianluigi 83
Burdisso, Nicolas 11, 122

Cagliari 73-74
Calvino, Italo 72
Cambiasso, Esteban 11, 19, 117
Cañizares, Santiago 120
Cannavaro, Fabio 22, 46, 58, 83
Capello, Fabio 19, 35, 47, 97
Caracciolo, Andrea 45, 63
Carlucci, Milly 123
Carpi 23
Carraro, Franco 107
Catania 125, 140
Celtic Glasgow 120
Chicago Cubs 44
Churchill, Winston 7
Cirillo, Bruno 25
Collina, Pierluigi 81
Comandini, Gianni 56
Combi, Franco 40

Conceiçao, Sergio 54
Cordoba, Ivan Ramiro 11, 53
Corradi, Bernardo 41
Corso, Mario 28
Costacurta, Alessandro 24
Cragnotti, Sergio 77
Crespo, Hernan 12, 46
Cruz, Julio 12, 16, 27, 41, 45, 60, 100, 116, 118, 120
Cuoco, Vincenzo 87
Cuper, Hector 43-47, 52-53

Dacourt, Olivier 12
Dalmat, Stéphane 46, 54
Danubio 26
De Rossi, Daniele 84
Del Nero, Simone 63
Del Piero, Alessandro 84
Deportivo La Coruña 66
Di Biagio, Luigi 35, 46
Di Vaio, Marco 69
Diarra, Mahamadou 104
Dinamo Kiev 41, 128
Domenghini, Angelo 52
Drogba, Didier 37

Edu (Eduardo Cesar Daude Gaspar) 41
Empoli 41, 63
Emre, Belozoglu 45, 52, 53, 58
Eschilo 49
Esposito, Mauro 74
Everton 23, 56

Fabregas, Francesc 103
Facchetti, Giacinto 29-32, 41, 43, 71, 81, 91, 93, 99, 103, 106, 109
Farinos, Francisco Javier 58, 69
Ferrara, Ciro 59, 66

Fierro, Martin 47
Figo, Luis 19, 99, 102, 104
Fiore, Stefano 66
Fiorentina 107, 134
Forlán, Diego 102
Freud, Sigmund 75
Frisk, Anders 128

Galliani, Adriano 104, 112, 124
Gattuso, Gennaro Ivan 84, 98
Genoa 67
Gilardino, Alberto 134
Giraudo, Antonio 35, 67
Graziani, Francesco 21
Grosso, Fabio 10-11, 84, 109

Helveg, Thomas 46, 64
Henry, Thierry 37, 41, 100, 103
Hierro, Fernando 36
Hill, Terence (Mario Sirotti) 21

Ibrahimovic, Zlatan 11-12, 15-19, 23, 109, 115, 116, 118, 120
Inter 11-12, 15, 16, 23, 27, 31, 33, 35, 36-38, 41-44, 44-45, 47, 52-55, 57-58, 60-61, 63-64, 68-74, 90-93, 100-103, 106, 108, 109, 111, 115-121, 133, 134, 136
Inzaghi, Filippo 104, 122
Inzaghi, Simone 35
Iuliano, Mark 121

Julio Cesar (Julio Cesar Soares Espindola) 11

Juventus 30, 33, 34, 41, 55, 58, 64-66, 68-69, 72, 80, 83, 93, 103, 109, 134

Kakà (Ricardo Izecson Dos Santos Leite) 35, 61, 70
Kallon, Mohamed 41
Karagounis, Giorgios 69
Kennedy, John Fitzgerald 10
Khokhlov, Dmitriy 57
Kily Gonzalez (Cristian Alberto Peret Gonzalez) 54, 64, 69

Langella, Antonio 74
Laurenti, Luca 101
Lazio 35, 41, 44, 59, 66, 77, 107, 109, 133
Lippi, Marcello 19, 47, 83
Livorno 16
Ljungberg, Fredrik 41
Lokomotiv Mosca 56
Loskov, Dmitriy 55
Lucarelli, Cristiano 16

Maicon (Maicon Douglas Sisenando) 11, 117
Makinwa, Stephen 41
Maldini, Paolo 24, 59, 122
Manchester United 71
Mancini, Roberto 11, 15-16, 18-22, 27, 34, 73, 99, 102-103
Mao Tse-tung 51
Maradona, Diego Armando 23
Marsala 23
Martins, Obafemi 33, 38-41, 45-46, 52, 53, 56, 60, 69, 74, 99-101
Matarrese, Antonio 110

Materazzi, Marco 10-11, 19, 22-25, 54, 66, 84, 102, 109-111, 135
Mauri, Stefano 36
Maxwell (Maxwell Scherrer Cabelino Andrade) 11
Mazzone, Carlo 104
Messina 23, 135
Mihajlovic, Sinisa 20, 102
Milan 33, 44, 45, 55, 57, 59-64, 66, 70, 72, 83, 91, 104, 107-109, 115-116, 121-122, 134-136
Modena 41
Moggi, Luciano 16, 20, 67, 80-81, 85, 90, 93, 104-108, 112
Mondaini, Sandra 21
Montero, Paolo 41
Moratti, Angelo 30
Moratti, Bedy 37
Moratti, Massimo 11, 16, 19, 28, 30, 32-35, 43, 46, 52-53, 59, 93, 97-100, 103, 115, 118, 121, 133
Moratti, Milly 99, 106, 123
Munch, Edvard 57, 69
Musil, Robert 13
Mutu, Adrian 134

Napoli 67
Navarro, David 118
Nesta, Alessandro 24

Oliveira, Ricardo 122
Orazio 95
Oriali, Gabriele 52

Pairetto, Pierluigi 81, 91, 107
Palermo 116, 125, 140

Palmeiras 57
Pancalli, Luca 137
Pandiani, Walter 66
Parma 41
Pasquale, Giovanni 46, 71
Pavlyuchenko, Roman 27
Peñarol 27
Perugia 23
Pires, Robert 41
Pirlo, Andrea 70, 86
Pizarro, David 102
Poborsky, Karel 35
Prisco, Giuseppe (Peppino) 12, 62, 97-99, 101-102, 105, 109, 111, 134
Pulici, Paolo 21

Raciti, Filippo 125, 126, 138
Raul (Raul Gonzalez Blanco) 37
Real Madrid 36, 59
Recoba, Alvaro 12, 26-28, 35, 41, 46, 56, 101, 102
Reggina 58
Rincon (Diogo Rincon Augusto Pacheco Da Fontoura) 41
Riquelme, Juan Román 102
Rivaldo (Rivaldo Vitor Borba Ferreira) 99, 122
Roberto Carlos (Roberto Carlos da Silva) 35, 37, 70
Rocchi, Tommaso 41
Roma 77, 115, 128, 133
Ronaldinho (Ronaldo De Assis Moreira) 99
Ronaldo (Luis Nazario da Lima) 11, 28, 37, 44, 46, 58, 73, 97-101, 116, 120, 121-122

Rooney, Wayne 37

Sagnol, Willy 84
Samuel, Walter 11
Sarti, Giuliano 52
Scotti, Gerry 101
Seedorf, Clarence 60-61, 66, 70
Severgnini, Antonio 36
Shakespeare, William 63
Shevchenko, Andriy 25, 33, 37, 66, 103
Silva, David 119
Silvestre, Mikael 70
Simeone, Diego Pablo 35, 70
Simoni, Luigi 44
Solari, Santiago 102
Spartak Mosca 27
Spencer, Bud (Carlo Pedersoli) 21
Stankovic, Dejan 11, 19, 38, 60, 63, 69, 74, 99

Thuram, Lilian 38
Toldo, Francesco 11, 52
Tomasson, Jon Dahl 60
Tor di Quinto 23
Torino 67-68
Totti, Francesco 15, 59
Trapani 23
Trapattoni, Giovanni 17, 19

Udinese 36, 42, 63

Van der Meyde, Andy 41, 45, 52, 54, 60
Van Nistelrooy, Ruud 37
Vialli, Gianluca 21
Vianello, Raimondo 21

Vieira, Patrick 11, 19, 109, 115
Vieri, Christian 35-41, 43, 45, 58-59, 61, 69, 99, 122
Villa, David 117
Villarreal 101-102

Wermelinger, Susanna 40
Wilde, Oscar 22
Wiltord, Sylvain 84

Zaccheroni, Alberto 37, 40-44, 47, 55-56, 59, 64
Zanetti, Cristiano 38, 52, 60, 102
Zanetti, Javier 12, 36, 38, 54, 59, 62, 64
Zauri, Luciano 41
Zidane, Zinedine 25, 84
Zola, Gianfranco 74
Zoro, Marc 24

Indice

1. Solo chi ha sofferto sa sorridere *pag.* 7

2. Ritratti di famiglia 13

3. La lunga marcia 49

4. Il Paese delle Finte 75

5. La vendetta di Paperino 87

6. Le interviste impossibili 95

7. Posta del cuore (e della testa) 113

Lieto fine di un romanzo neroazzurro 141

Indice dei nomi 143

L'autore

Beppe Severgnini (Crema 1956) è un columnist del "Corriere della Sera" (dove conduce dal 1998 il forum "Italians", www.corriere.it/severgnini), scrive per "La Gazzetta dello Sport", ha scritto per "The Economist" (1993-2003) ed è autore di undici bestseller, tutti pubblicati da Rizzoli.

La testa degli italiani (2005), uscito negli Stati Uniti col titolo *La Bella Figura. A Field Guide to the Italian Mind* (Broadway Books 2006) è subito diventato un "New York Times Bestseller". Anche *Un italiano in America* (1995, post scriptum 2001) ha scalato le classifiche Usa col titolo *Ciao, America!* (Broadway Books 2002).

Degli altri suoi libri, il primo è stato *Inglesi* (1990), seguito da *L'inglese. Lezioni semiserie* (1992), *Italiani con valigia* (1993), dall'autobiografia *Italiani si diventa* (1998), e da *Manuale dell'imperfetto viaggiatore* (2000), *Manuale dell'uomo domestico* (2002), *Manuale dell'imperfetto sportivo* (2003), oltre naturalmente a *Interismi* (2002) e *Altri interismi* (2003).

Ha insegnato nelle università di Parma, Pavia, Milano/Bocconi, Middlebury College (Vermont).

Nel 2004 è stato votato "European Journalist of the Year" (www.ev50.com).

www.beppesevergnini.com

I LIBRI DI BEPPE SEVERGNINI NELLA BUR

Ritratti nazionali
Inglesi
Un italiano in America
La testa degli italiani*

National Portraits
An Italian in Britain
An Italian in America
An Italian in Italy

Autobiografia
Italiani si diventa

Viaggi
Italiani con valigia

Lingue
L'inglese. Lezioni semiserie

Raccolte
Manuale dell'uomo domestico
Manuale dell'imperfetto sportivo
Manuale dell'imperfetto viaggiatore

* Di prossima pubblicazione.

Finito di stampare
nel mese di maggio 2007 presso il
Nuovo Istituto Italiano d'Arti Grafiche - Bergamo

Printed in Italy